文芸社セレクション

Worthless Treasures

～ジパングの黄金伝説～

雪渡 葉鳥

YUKIWATARI Hatori

文芸社

目次

プロローグ

母は、家族以外の人の目には感情豊かな人に映るそうです。些細な事で笑い、他人の不幸に泣き、世の理不尽に怒り、私と父の幸せを自分のことのように喜ぶ人。かく言う私も、子供の頃はそう思っていました。
実際はそう見えるよう演技しているだけの、ロボットのような人なのに母の演技が上手いせいで、私と父以外は騙されてしまいます
そんな母が唯一、本当に露わにする感情が追慕、もしくは愛慕。学生時代に自ら記した手記を読み返している時に見せる顔だけは、演技ではないと思いました。過ぎ去った日々を懐かしみ、手記を読み返すことで少女だった頃を思い出して過去へ思いを馳せる母は、まるで恋する乙女のようだと子供心に思ったものです。
だから、聞きました。子供の気まぐれ、無邪気さゆえに、何も考えずに私は母に
「ママが読んでるの、なぁに?」と、聞きました。
すると母は、私の頭を撫でながら、こう言いました。

「これはママにとって、あなたとパパの次に大切な宝物よ」

と、何も考えずに甘えたくなるような笑顔で。ですが今思うと、あの手記のタイトルはおかしい。母の言ったことと、タイトルが矛盾しているのです。

何故なら母の手記のタイトルは、「Worthless Treasures」。「無価値な財宝」と、題されていたのですから。

第一章　仕組まれた出会い。

1

今まで見聞きした情報から推察するしかありませんが、私の価値観は大多数の人と比べると、異質だと思います。

見ただけで教科書を記憶できるので学校での勉強に意義を見出せませんし、定期的にある学力試験も無駄だと思っています。

いえ、そもそも、私が高校に通っていること自体、無意味なのです。

私は生まれ育った英国の大学を飛び級で卒業していますし、修士号もいくつか取得しています。両親、特に日本人である母が、「日本での生活を経験してほしい」などと言い出さなければ私、リリー・シャーウッド・橘が日本の地を踏むことはもちろん、日本の高校に通うこともなかったでしょう。

「ねぇ〜、リリーちゃん。おねがい！　このとおりだから！」

そんなモノローグを頭の中で語ってしまった原因は、部活動への所属が義務となっているのでしかたなく籍を置いている文芸部。その部室代わりにあてがわれている地理歴史教室の窓際に据えた椅子に腰掛けて校庭を眺めていた私の目の前に来るなり、日本固有かつ、最上級の謝罪ポーズであるＤＯＧＥＺＡを披露した彼女です。

「お断りしますと、先ほど言ったじゃないですか。そもそも、あなたは誰ですか？　同じクラスの人ではありませんよね？」

ポーズを崩さず顔だけ上げた彼女は、淡い栗色のショートカットと茶色がかった瞳が特徴的な、日本で言うところのギャルと分類される見た目です。

身長は、ＤＯＧＥＺＡをする前に見た感じだと１７０㎝台前半。私よりも20㎝以上高く、スレンダーながらもどこか肉感的な体つきでした。

モデル体型と言えば、わかりやすいでしょうか。

自他共に認める鶏ガラ体型で、編入するなり心ない男子生徒から「ハーフのクセに胸が小さい」と、「ハーフは例外なく巨乳だと思っているのか」と、言い返したくなるようなセリフを言われた私とは違って、女性的な体つきです。

そんな彼女は完全に上体を起こして、自己紹介を始めました。

「ボク？　ボクは二年Ｄ組の三船飛鳥。飛鳥でいいよ。知らない？　割と有名な自信はあったんだけど……」

「Ｄ組？　と、言うことは……」

この学校は各学年共通で、A組は進学クラス。D組はスポーツ特待生クラス。B、C組は、その他の有象無象用のクラスとなっています。私は進学の意志こそないものの、当然ながらA組。詐称でないのなら、彼女はD組所属のスポーツ特待生。

他人に興味がない私が知らずとも、自分で有名だと言うあたり、何かしらのスポーツでそれなりの結果を残しているのでしょう。

「リリーちゃんをこんなに近くで見るのは初めてだけど、こうして改めて見ると、本当にもったいないなぁ。艶のある腰まで届きそうな黒髪は無造作にうなじあたりで一纏めにしてるだけだし、胸から足先にかけてのラインも針のように細くしなやかで綺麗なのに、どうしてスラックス？　いや、たしかにこの学校の制服はブレザーで、女子でもスラックスを選択できるし男子でもスカートをはけるよ？　でもさ、リリーちゃんならスカートの方が絶対に良いよ。スカートにするだけで、蒼い瞳が良いアクセントになった黒髪ハーフ美少女高校生の出来上がりだよ。まあ、スラックスでも有りと言えば有りだよ？　控えめに言って似合いもしない男装をした美少女にしか見えないけど、無理して男装してますって感じが逆に……」

「誉めるのか駄目出しをするのか、どちらかにしてください。それと、頭の中で言うのならかまいませんが、私の外見的特徴を事細かに口にするのはやめてください。不快です」

「あ、ごめん。口に出てた？」

「しっかりハッキリと、出ていました。それと、今日初めて話すのに、いきなりファーストネームで呼ぶのは失礼です」

「ファーストネーム？　あ、下の名前ってこと？　あれ？　でもリリーちゃんって、リリー・シャーウッド・橘だよね？　と、言うことは、上の名前になるのかな？　でも、上の名前は名字だし……」

上とか下とか関係ありません。もしかしてこの人、頭の中身まで筋肉でできているのではないでしょうか。

私は親しい間柄でもない初対面のあなたに、ファーストネームで呼ばれたくないと遠回しに言ったのです。ですが、彼女はそれが理解できないらしく、顎に右手を当てて「上？　下？」と、まだ悩んでいます。

「まあ、どっちでもいいや。で、もう一度お願いするんだけど、ボクのお兄ちゃんを探すのを、手伝ってくれない？」

「三度、お断りします。どうして私が、あなたのお兄さんを探す手伝いをしなくてはならないのですか？」

「だって、リリーちゃんは頭が良いでしょ？　たしか、ＩＱ１８０だったっけ？　誰かが、どっかの名探偵の孫と同じだって言ってたから１８０で合ってるよね？」

「黙秘します」

たしかに、私のＩＱは１８０ですが、口外はしないようにしています。

理由は、彼女が先ほど言ってくれました。

何故かこの国では、ＩＱ１８０と言うとどこぞの名探偵の孫と同じだと言われます。しかもその人物は実在せず、漫画の登場人物らしいのです。

架空の人物と同一視されるなど、人によっては名誉に思うのかもしれませんが私からすれば不名誉。侮辱に等しいからです。

「本当に駄目？　話も、聞いてくれないくらい嫌？」

駄目ですし、嫌です。と、返して部室から追い出そうとも考えましたが、無駄に大きな体を縮めて上目遣いで私を見上げる彼女を見ていたら、気が変わりました。

ですが、同情したわけではありません。

女性と言う大きなくくりで言えば、私よりもはるかに（頭は間違いなく私の方が良いですが）スペックが高い彼女が媚びへつらっている様を見ていたら、「話だけなら、聞いてあげなくもないです」と言ってしまうくらい、気分が良くなったからです。

「来月の中頃で、七年になるんだ」

「七年？　ああ、もしかして、失踪宣告の申し立てですか？」

失踪宣告とは、掻い摘んで言うと、生死が確認できない行方不明者を死亡したものとみなし、その者にかかわる法律関係を確定させるための制度です。その申し立てができるのが、行方不明になってから七年後。

神妙な顔つきになって鞄を探り始めた彼女の両親は、それをしようとしているのでしょう。ですが彼女は、お兄さんが生きていると信じている。もしくは、申し立てをするにしても、せめて生死は確認したいと思ったのではないでしょうか。

「これ、お兄ちゃんの部屋を整理してたら見つけたの」

「どこにでも売ってある、普通のノートですね」

彼女がおもむろに鞄から取り出したのは、先ほど言った通り何の変哲もない普通のノート。表紙に「研究ノート №1」と書かれている以外、特筆すべきところは見当たりません。

「研究ノートと書かれていますが、お兄さんは大学生だったのですか？　それとも、どこかの研究員だったのですか？」

「大学生。東京の大学で、歴史学を専攻してたって聞いたことがあるよ」

「歴史学ですか。それはまた酔狂な」

「スイキョウ？　どういう意味？」

「Are you really Japanese? I'm British, you know. So, don't you think it's a bit odd to ask me, a foreigner to you, about the meaning of Japanese words?」

「えっと、呆れてるのは口調で何となくわかるんだけど、ボク、英語の成績が悪いから何て言ったのかまったく……」

私としたことが、日本の学生のレベルの低さに呆れ切ってしまったせいで、ついつい母国語で返してしまいました。

彼女は言葉通り私が何と言ったのか理解できていないようですから、面倒ですが日本語で言い直すとしましょう。

「あなたは本当に、日本人ですか？　私は英国人ですよ？　それなのに日本語の意味を、あなたからすれば外国人である私に聞くのはどうかと思いますよ？」

「あ、うん。わざわざ口調や仕草まで再現してくれて、ありがとう」

どういたしまして。お礼が言える程度の知能と道徳観は、持ち合わせていたのですね。と、言おうとしましたが、彼女は先ほどまでのやり取りがなかったかのように脈絡を無視して「で、どういう意味なの？」と、即座に返してきました。

「簡単に言えば、物好きです」

「そうなの？　昔のことを知るって、大切じゃない？」

「大切だとは思いますが、必要だとは思えないのです。少なくとも、私にとっては」

「浪漫とか感じない？　こう、ほら、古い地図とかから場所を導き出してさ。敵の妨害を受けつつも仕掛けられた罠とかを突破して、遺跡の奥に眠る財宝をゲットするとか、考えただけでワクワクしない？」

「しません。あなたは映画の見過ぎです。そもそも、敵って何ですか？」

「え〜っと、ナチスとか？」

「ナチスはもうありません。と言うか、その類の映画の敵役って、どうしてナチスが多いのですか？」

「ボクに聞かれたって知らないよ。そう言うリリーちゃんは、知ってるの？」

「知りませんが、制作側の都合と言うことは容易に想像できます。要は、敵役として丁度いいのです。ああ、それと、あなたが犯した最大の間違いを指摘しておきましょう。歴史学と考古学は違います。あなたが先ほどワクワクすると言った内容は、リアリティの有無を考えずに言うなら考古学です」

「そうなの!?」

「しかたありませんね。あなたでもわかるよう、掻い摘んで説明してあげましょう」

歴史学は主に、文字で書かれた書物などを研究する学問です。稀に考古学と混同している人がいるのは、歴史の探求という最大にして至高の目的が一致しているからです。

前者は先ほど言った通り書物が主な手段ですが、後者は石器、土器などの人工物や、住居跡やゴミ捨て場等の生活痕跡を調べるのも手段です。そのために、フィールドワークや発掘などの過程を経ることもあります。ああ、もちろん歴史学でも、フィールドワークをすることはあります。

五歳児にでもわかるように要約するなら、地面を掘るのが考古学で、掘らないのが歴史学です。

「わかりましたか?」

「いや、わかんないよ。リリーちゃん、人差し指を立ててボクを見てただけじゃん」

「おっと、失礼。言葉にするのを省略してしまいました」

「いやいや、ダメだよね? そこ、一番省略しちゃダメなところだよね⁉」

床をバンッ！ バンッ！ と、叩きながら顔だけで私に詰め寄っている様子を見るに、彼女は憤慨しているようですね。

ですが、私はそう思いません。私がモノローグに入る前のセリフから、私が言いそうなことを想像できない彼女が悪いのです。

ええ、もちろん、それが無理なことは理解しています。

私は創造性と独創性こそないものの、世に蔓延る有象無象の凡人たちと比べたら天才の部類。その私が言いそうなことを予想するなど、身体を動かすこと以外取り柄のなさそうな彼女には無理難題でしょう。

「ＥＱは高そうですが、ＩＱは低そうですし」

「それ、褒めてる？　それとも馬鹿にしてる？」

「もちろん、褒めています。理由を説明しましょうか？」

「褒めてくれてるんなら聞く」

まず、ＩＱとＥＱの違いから説明しましょう。

前者はお馴染みですね。ＩＱとはIntelligence Quotientの略で、知能検査の結果を数字であらわしたものです。当然と言いますか周知の事実と言いますか、数字が大きいほど知能が高く、低いほど知能は低くなります。

「ここまでは良いですか？」

「えっと、良いも悪いも……」

「ないですね。では、続けます」

対するEQとはEmotional intelligence quotientの略で、日本語に訳すと心の知能指数と言ったところでしょうか。比較的新しい概念のため、定義はいまだにハッキリとはしていませんが、これは自己や他者の感情を知覚し、また自分の感情をコントロールする能力の高さをあらわすものです。

「ああ、ちなみに。ＩＱが高く、ＥＱが低い人はサイコパス認定されることがあります」

「へぇ、そうなんだ……」

私が、正にそうですね。

他者の感情の起伏を表情や仕草から予想することはできても共感できませんし、自らも感情が希薄です。さらに、会話のレベルを周囲の人たちに合わせることを馬鹿らしく思っているので、自分の言いたいことだけを言って会話を終わらせてしまいます。

おそらく他の人たちは私のことを、空気の読めない奴と思っているでしょう。

ＤＯＧＥＺＡをやめ、目の前ではしたなく胡坐をかいてしかめっ面をしている彼女も、きっとそう思っているはずです。

「理解、出来ましたか？」

「うん、なるほど。よく……わかんないよ！　まったくわかんないよ！　だってリリーちゃん、さっきと同じで人差し指を立ててボクを見てただけだよ!?　また、声に出すのを忘れちゃったの!?」

「……忘れたわけではありません。省略しただけです」

「忘れてたよね！　忘れてたから、顔ごと視線をそらしたんでしょ!?」

「そ、そんなことは……」

　ありません。と、断言できないのが辛いところではありますが、そもそも、ＩＱとＥＱの説明を私にさせようとした彼女が悪いのです。

「なので、私は悪くありません」

「リリーちゃんの中で何がどうなってそうなったのかはわかんないけど、話を戻していい？」

「話？　ああ、お兄さん捜索の件ですね。だから、それはお断りすると言ったではないですか」

「どうしても、ダメ？」

「ダメと言うよりは嫌です。だって私とあなたは、ほんの十数分前に知り合ったばかりですよ？　どうして私が、知り合ったばかりの赤の他人であるあなたのお兄さんを、捜さなければならないのですか?」

「それは、そうなんだけどさ。ほら、ボクじゃお兄ちゃんのノートに書いてある内容が理解できなくて……。歴史の先生にも見せてみたんだけどわからないって言われて、途方に暮れてたんだよ。そこで! 帰国子女の天才美少女のリリーちゃんならもしかして、って思ったんだ! いや、ホント、推薦でなんとか入れた高校に、たまたま天才美少女がいるなんて都合が良いよね!」

私からすれば不都合&いい迷惑です。

確かに私は、綺麗な肉体と運動しか取り柄のなさそうな彼女からすれば天才でしょう。ですが、私が英国の大学に在籍していたときに専攻していたのは物理学。歴史学も考古学も、畑違い。専門外なので、興味すら湧きません。

そもそも、彼女は勘違いしているようですが、私は留学生であって帰国子女ではありません。

「と、言うことで、まずはノートを見てみてよ。学校の先生ですらわからないお兄ちゃんの研究ノートの内容を解き明かせたら、リリーちゃんだって鼻が高いでしょ?」

「専門外ですし、日本の高校教師程度と張り合うつもりも……」

ありません。高校教師程度に知識で勝っても、意味がありません。

そう、何の意味もなかったのですが、彼女が無作為に広げて私の目の前に掲げたページに書かれたていた文言が、私の目を釘付けにしました。

「歴史が、覆る？」

そのページに乱雑に書き殴られた言葉の数々はおそらく、何かしらの結論に達した彼女のお兄さんが、興奮に促されるままに書いたのでしょう。

見開きにされたページ全体にマジックで書かれた先の言葉以外に読み取れるのは、「歴史的に矛盾する。それでも有り得ないとは言い切れない」「鍵は二十八宿」「どうして明らかにされない？」「調査はされているはずだ」「陰謀？　時代を考えれば隠蔽か？」「古代人は今の現代人並み。もしかしたら、現代人以上」「伝承とは世代単位の伝言ゲーム」「黄金とは言葉通りの意味じゃない」「北は本当に北なのか？」と、これくらいでしょうか。

「三船さん。お兄さんは、何を研究されていたのですか？」

「え？　だから、歴史……」

「それは最も大きいジャンルです。私が聞いているのは小ジャンル。どの時代を研究していたか。もしくは、歴史上の誰を研究していたか、です」

「そ、そんなことボクに聞かれても……あ、でも、歴史の先生はマルコ・ポーロがどうとか言ってたような気がする」

「マルコ・ポーロですか。ならば研究資料はLa Description du Monde。日本語だとたしか……東方見聞録ですね。さらに言うと、「黄金とは言葉通りの意味じゃない」という文言から、お兄さんは東方見聞録の三冊目に書かれてある、黄金の国ジパングについて研究していたと推察できます」

「専門外って言ってた割に、詳しくない？」

「半分はダディ……父が現役の考古学者で、大学で教鞭をとっているのが理由ですね。子供の頃は興味もないのに、お酒に酔った父に色々と聞かされていましたし、フィールドワークにも付き合わされていました」

父はお酒に弱いのに酒好きで、酔うと講義でもするかのように持論を語る癖があります。

私は早熟と言いますか聡い子供でしたので、「きっと、ダディの講義をまともに聴いてくれる学生さんは少ないんだろうな。だから私に無理矢理聞かせてるんだろう」と、頭の片隅で考えながら、酔い潰れて寝るまで聞いてあげていましたし、フィールドワークにも付き合ってあげました。

「人生、何が役に立つかわかりませんね」

「リリーちゃんが何をどう思ってそう言ったのかはわかんないけど、引き受けてくれるってこと？」

「どうして、そうなるのですか？」

「だってお父さんが考古学者で、歴史の知識もあるんでしょ？　それに加えて、イギリスの大学を卒業した天才美少女。都合が良すぎて怖くなるくらい、都合が良すぎる設定だよ」

「設定とか言わないでください」

「ちなみに、お母さんは何をしてるの？　専業主婦？」

「……ディテクティブです」

「でぃ、でぃて？　何？　ボク、英語は苦手だからわかんない」

「探偵です」

「探偵!?　探偵ってアレでしょ!?　犯人はお前だ！　的なことを言う職業でしょ！」

「漫画やアニメの見過ぎです。殺人事件にたまたま遭遇するばかりか、謎を解いて犯人を名指しする探偵は存在しません。白馬の王子様と同レベルの空想動物です」

　と、子供の頃は思っていました。

現実の、大多数の探偵がやることは地味の一言。華なんてありません。それを知らない彼女は、「それでもやっぱり、リリーちゃんしかいない！」とか「リリーちゃんの推理で、お兄ちゃんを見つけてよ！」などと、立ち上がって興奮気味に食い下がってきました。そして、自覚はないのでしょうが、とどめの一言を口にしました。

「リリーちゃんも、何か気になったんでしょ？」

「いえ、そういうわけでは……」

ない。と、言い切れませんでした。

私は見せられたページの文言に、強く惹かれています。理由はまったくわかりませんし、歴史には興味がないどころか、幼少期の経験から苦手です。彼女のお兄さんの安否も、知ったことではありません。

それなのに、私は他のページを見たいと思っています。

彼女のお兄さんがどんな過程を経て、歴史観が覆るなどとノートに書き殴ったのか気になって仕方がないのです。

「ひ、費用は……」

「ん？　何？」

自分でも、驚きました。彼女のお兄さんの捜索は面倒ですが、ノートは見たい。見るためにはお兄さんを捜さなければなりませんが、時間の無駄にしか思えません。

それなのに私の口からは、まるで乗り気になったようなセリフが出始めたのです。

「費用は、どうするのですか？　東方見聞録に記されたジパングは、奥州平泉の中尊寺金色堂。岩手県西磐井郡平泉町の中尊寺にある、平安時代後期建立の仏堂がモデルという説があります。ここからなら距離的に近いと言えますが、学生である私たちには移動費だけでも痛い出費です」

とは言いましたが、私は両親から、生活費としてかなりの額を仕送りしてもらっています。

英国基準で考えても多い方なのですが、今は円安も手伝って下手なサラリーマンの手取りよりも多い額を使えます。無駄使いもしていないので、旅費は簡単に賄えますが、私はお兄さんの捜索を依頼されている立場。報酬の有無は別として、必要経費を求めるのは当然です。

そう、当然なのです。だからけっして、お兄さんの捜索に乗り気な訳ではありません。そのはずです。

「お金の心配はしなくていいよ。お兄ちゃんを捜すためにかかる費用は、全部ボクが出すから」

「そうですか。では、次の質問です。あなたのお兄さんの失踪宣言が申し立てられるのは来月の中頃。ですが、私たちは高校生です。学校があります。土日だけで、捜索させるつもりですか?」

「それこそ、心配ないよ」

「どうしてですか?」

私は何か、おかしな事を言ったのでしょうか。彼女は「何言ってんの? 頭、大丈夫?」と、言わんばかりに不思議そうな顔をしています。

「来月の三日からゴールデンウィークじゃん。しかも、今年は五連休!」

「ゴールデンウィーク? 五連休?」

「イギリスにはないの? ゴールデンウィーク」

「ええ、ありません」

ありませんが、推察はできます。

ゴールデンウィークとはおそらく、祝日と土日を合わせた連休の通称でしょう。

確認のためにスマホでカレンダーを見てみると、たしかに五月三日から七日まで休日になっています。一日、二日の登校日をサボタージュすれば、土日を合わせて九連休になりますね。

「ですが連休とはいえ日数に限りがある以上、綿密に計画を練らなければなりません」

「具体的には、どうするの？」

「その研究ノートから、お兄さんが向かった場所を特定します。まあ、当然ですね。そうするだけで時間を短縮できますし、費用も安く済ませられるかもしれませんから」

「なるほ……ん？　と、言うことは、引き受けてくれるってこと？」

「今さらそれを聞きますか？　費用の話をした時点で、察してくれていると思ったのですが……」

　どうやらＥＱが高いと思ったのは私の早とちりで、実際は頭だけでなく察しも悪かったようです。そんな彼女とこれからしばらくの間、一緒に行動するならそれも考慮に入れて話さなければならないのは面倒ですね。

「え、え〜っと、もしかしてボク、睨まれてる？　リリーちゃんって表情の変化が少ないから、わかり辛くって……」

「私的にはジト目をしていたつもりなのですが、わからないのなら気にしないでください。それより、ノートを」

「あ、うん。今から、お兄ちゃんの行き先を調べるの？」

「いえ、マンションに帰ってから、ゆっくりと吟味します。ああ、心配しなくても、ノートはもう、お返しします」

「もう？　ページをパラパラってしながら、流し見しただけじゃん」

「私には、それで十分なのです」

私は一目見ただけで視覚的な情報を取り込んで、記憶する能力を生まれた時から持っています。所謂、映像記憶能力とか瞬間記憶能力と呼ばれているものですね。

ただし、ノートに書かれていることを映像として記憶しているだけなので、内容を理解している訳ではありません。理解するには、畑違いの分野なのでそれなりに時間がかかると思います。

「と、いう事なので、金曜日まで時間をください。ああ、それと、ノートの内容次第では一日と二日は学校をサボタージュしますが、皆勤賞を狙っていたりしますか？」

「バイトで平日に休んだりするから、皆勤賞なんて気にしたこともないけど……」

「では、その覚悟でいてください。金曜の放課後、またここで」

私はノートを彼女の胸に押し付けるようにして返し、その勢いのまま部室から追い出しました。

2

私を面倒ごとに巻き込んだ彼女、三船飛鳥のお兄さんが研究に用いていた資料は、主に三つありました。

一つは東方見聞録、その三冊目。もう一つはアラビア語最古の地誌、『諸道と諸国の書』。話の取っ掛かりとして、先の二つを再び文芸部の部室を訪れた彼女に教えてあげました。

「書道？　どうして書道の本なんかを、お兄ちゃんは調べてたの？」

「書道ではなく諸道。字が違います」

「あ、うん。ごめん。違うとは思ったんだけど、ちょっとボケてみたくなっちゃってさ。だから……えっと、その顔、哀れんでる？　よね？」

「哀れだとは思っていません。終わっているなと、思っています」

「想像より酷かった！」

「阿呆なことを口走ったお馬鹿なあなたが悪いのです。でもまあ、二つ目の資料を知らないのは当然です。むしろ、知っている人の方が少ないでしょう」

「どんな本なの?」

「民話の寄せ集めのようなものだと理解してください。お兄さんが黄金の国ジパングの研究をしていたのなら、その中のワクワクに関する記述を参考にしたと思われます」

「ワクワクさんを? じゃあ、ゴロリも? って、ちょっとネタが古すぎたか……」

「は? 誰ですか?」

「ごめん。何でもない」

また、ボケようとして阿呆なことを言ったのでしょうね。本当に馬鹿な人です。は、置いて説明を続けましょう。

ワクワクとはワークワーク、またはワクワークとも言われ、スィーン(中国)の東方にあり黄金に富んでいて、犬の鎖や猿の首輪や衣服まで黄金でできているとされた国名です。そしてこれは、日本の古い呼び名である倭国を語源だとする説があります。

「あなたのお兄さんはおそらく、資料にした二冊に書かれた伝承、その矛盾に気付いたのでしょう」

「矛盾?」

「ええ、決定的な矛盾です」

東方見聞録には、「ジパングは、中国北部の東の海上１５００マイルに浮かぶ独立した島国で、宮殿や民家は黄金で建てられるほど金が産出され、財宝に溢れている」と、記述されています。

先の記述から、遣隋使が滞在費用として砂金を持ってきたことと、中尊寺金色堂の様子が誇張されて中国に伝わったことなどが元になって、黄金伝説が形成されたのではないかとする説があります。

たしかに十三世紀後半、マルコ・ポーロはクビライ・ハンに気に入られて、当時は元と呼ばれていた中国に滞在していましたと記録されています。

ですが、彼自身は日本を訪れておらず、しかも中国語ができなかったので、通訳を通して聞いたと考えられます。つまり、東方見聞録の内容は完全に伝聞。その伝聞の大元となったのが諸道と諸国の書であるならば、マルコ・ポーロが通訳を通じて知ったジパングとは、ワクワクである可能性が濃厚となります。

そうなると、ジパングとは倭国と呼ばれていた七世紀頃の日本。もしくはさらに前の、西暦１０７年頃の、後漢書に初めて「倭国」と記された時代まで遡り、解釈次第では、魏志倭人伝で日本人が倭人と記された紀元前にまで遡ります。

これこそが、決定的な矛盾。マルコ・ポーロが語ったジパングと、伝聞の元となったジパングでは時代が違い過ぎるのです。

「ここまでは、理解できましたか？」

「できるわけないじゃん。だってリリーちゃん、この前と同じで右手の人差し指を顔の横で立ててボクを見てただけだよ？　もしかしてあれ、リリーちゃんなりのドヤ顔だったりする？」

「……では、続けます」

「え、ちょ、リリーちゃん？　そのまま、頭の中で説明を続けるの？　ボクじゃなくて、ボクじゃない他の誰かに説明してない？」

「あなた以外には説明していません。さて、話を戻しますが、当時の日本はむしろ、金の輸入国です。私が知る限り、黄金の国と呼ばれるほどの金が産出されていた記録も事実もありません。要は、マルコ・ポーロによってもたらされた話を元にした風評被害に近い西洋人の妄想から、当時の日本は黄金の国と呼ばれたのです」

「じゃあ、お兄ちゃんの研究は意味がなかったの？」

「そうは言っていません。あなたがノートを見せた歴史教師は内容から東方見聞録を題材にして研究していたと何とか読み解けただけで、ワクワクまでは知らなかったのです。お兄さんの研究の引き金となったのは東方見聞録だったと思いますが、実際の研究資料は諸道と諸国の書。もっと言えば、ワクワクの語源となった倭国に関する書物でしょう」

「それが、三つ目の資料？　それって、何なの？」

「ノートには、ハッキリとは書かれていませんでした。ですが、有力なのは魏志倭人伝。もしかしたら日本書紀や古事記、各地の風土記も参考にしたかもしれません」

「風土記って、何？」

「簡単に言えば地誌。諸道と諸国の書と似たような物だと思ってください。あなたのお兄さんは、東方見聞録からジパングに興味を持ち、諸道と諸国の書を通して倭国に辿り着き、魏志倭人伝などの記述から、黄金の国の真実に辿り着いたと考えられます」

古い資料から当時の出来事を紐解き、断片的な情報を繋ぎ合わせて真実を導き出そうとする行為は妄想と似ています。ですが、ホメーロス著のイーリアスに感動してトロイ遺跡の発見を志し、本当に見つけてしまったシュリーマンの例もあります。

もし、彼女のお兄さんもそうだったのだとしたら……。

「ノートには、『伝承とは世代単位の伝言ゲーム』と、書かれていました。あなたのお兄さんは、各資料の矛盾や、千数百年単位の空白を想像で埋めて補塡し、財宝の真実に辿り着いたのかもしれません。もしかしたら、実際に見つけてしまった可能性もあります」

「じゃあ、お兄ちゃんは。財宝がある場所に……」

いる。いえ、眠っている。と、彼女は続けたかったのでしょうか。

ですがそれは、お兄さんが死んでいると認めるようなもの。だから彼女はそこで口をつぐんだのだと、EQが低い私でも容易に想像できます。

「さて、前置きはこれくらいにして、行き先を決めましょう」

「行き先？　お兄ちゃんが行ったところが、わかったの!?」

近い。興奮する気持ちはさすがにわからなくもないですが、詰め寄らないでください。

女性なので、まだ「顔が近いです。離れてください」と、平静を保って言いながら押しのけることができますが、それでも彼女のように体の大きい人に近づかれると身が竦んでしまいます。

「は、話を戻します。お兄さんの研究ノートはあくまで、過程を走り書きするための物でした。要はメモ書き。おそらく、核心に迫る部分は頭の中にあったのだと思います。故に、明確な目的地は記されていませんでした」

「そっか……。リリーちゃんでも、無理だったのか」

「あなたは、何を言っているのですか？」

ガックリという擬音が聴こえてきそうなほど肩を落とし、顔には影が差しているように見えます。

落胆しているのでしょうか。でも、どうしてでしょう。

最終的な目的地は書かれていませんでしたが……。ああ、なるほど。私の言い方が悪かったのですね。彼女はＩＱが低いのですから、もっと嚙み砕いて言わなければ。

「まずは、東京へ向かいます」

「へ？　東京？」

「そうです。まずはあなたのお兄さんが通っていた大学へ行き、情報収集をします」

「あ、なるほど。そこで、お兄ちゃんの行き先を調べるんだね」

「少し違います。私が知りたいのは、お兄さんの交友関係です」

「そんなの調べて、どうするの？　行き先と関係あるの？」

「ある可能性が高いと、私は睨んでいます」

彼女は頭の上にクエスチョンマークが乱舞していそうなほど、不思議そうな顔をして私を見つめています。理由を教えてあげても良いのですが、今はしたくありません。なぜなら私は、お兄さんがすでに死亡しているのを大前提に、殺害した人物が交友のあった誰かではないかと疑っているからです。

根拠としては弱いですが、彼女のお兄さんはご両親が失踪宣言の申し立てをすると決断するほどの期間、行方不明のままです。死亡していると考えるのが妥当でしょう。さらに、お兄さんの研究はノートの記述を信じるのなら、歴史を覆すほどの大発見につながります。

その話を友人、もしくは師事していた教授なりに話していたなら、お兄さんを殺害してでも手柄を横取りしようと考える人がいたかもしれません。

いえ、いたと思いたいのです。何故ならその方が、フィールドワーク中の事故死よりもドラマ性がありますから。

もっとも、この思惑を明かす訳にはいきませんから、彼女にはそれらしい言い訳をします。

「次の行き先を決めるために、必要なのです。と、言うのも、お兄さんが向かったと予想できる場所は全部で三つあり、全てを周って捜索していたら時間が足りません」

「あ、そうなんだ。ボクはてっきり、ノートからは行き先がわからなかったんだと思ってたよ」

「確定していませんので、わからないのと同じです」

「リリーちゃんって、意外と謙虚なんだね。ちなみに、どことどことどこなの？」

　意外の一言が余計です。私は単に、確定していない情報を鵜呑みにして行動し、無駄足を踏みたくないだけです。は、置いておいて、彼女の期待に満ちた眼差しがうっとうしいので、教えてあげることにしましょう。

「福岡と岡山。そして、大阪の三つです」

「どうして、その三か所なの？」

「それは追い追い、移動の暇つぶしがてら教えてあげます」

「えー！　今教えてよ！　気になって寝られなくなったらどうするのさ！」

「知ったことではありません。それより、お兄さんが通っていた大学と、できれば交友関係を調べておいてください。もちろん、旅の準備も忘れずに」

「うう……。わかった」

　コロコロ、コロコロと、表情が忙しなく変わる人ですね。

　何かに例えるなら犬。しかも、大型犬でしょうか。さっきまで不満顔だったのに、今は大きい体を縮こまらせて上目遣いで何かをねだるように私を見ています。

そんな彼女と待ち合わせ場所と時間を決めて、私たちは学校を後にしました。

3

待ち合わせは、午前九時に仙台駅。

ここから新幹線に乗って、三船さんのお兄さんが通っていた大学がある東京へ向かいます。

あまり早く到着して待っていたら楽しみにしていたと思われかねないので、約束した時間の十分前に着くよう時間を調整してマンションを出ました。

「人が多いですね。もっと細かく、待ち合わせ場所を決めておくべきでした」

いいえ、それよりも、連絡先を交換しておくべきでした。

仙台駅は広く、英国から引っ越してきて半年も経っていない私では迷いかねないのに、彼女は「じゃあ、西口で待ってるよ」としか言いませんでした。

女性の割に背が高く、モデルのような体型で人目を引く彼女ならすぐに見つかるだろうと高をくくっていましたが、これだけ人が多いと見つけるのは困難。そもそも、駅の中で待っているのか外で待っているのかもわかりません。

彼女は地元民で、仙台駅で誰かと待ち合わせをすることも多かったでしょうから、西口で待っていると言えばいつも目印にしている場所に待ち合わせ相手が来ると思ったのでしょう。

ならば、西口付近で目印になりそうな物を探せば、おのずと見つかるはずです。

「ステンドグラスのところで待っている人が多いですが、あそこにはいませんね」

おそらく、あそこは待ち合わせ場所の定番なのでしょう。

スマートフォンを片手に立っている人が多いですし、知り合いらしき人と合流してその場を去る人も見受けられます。

「そう言えば、外には大きな時計がありましたっけ」

待ち合わせ場所の目印としては、申し分なし。その場所へ行こうと外に出てみると、遠目にも誰かを待つ人々が確認できました。

ですが、彼女らしき人はいません。

あそこではない。と、別の場所を探そうと踵を返そうとしたら、周囲を行き交う人々がある一点を横目で見たり、首ごと振り返って見たりしていることに気付きました。

「何か、珍しい物でもあるのでしょうか」と思って周囲の視線を追ってみると、時計から少し離れたベンチに腰掛けた彼女を見つけました。

「もう、来ていたのですね。待たせましたか？」

「い、いや、さっき来たところだけど……」

白いリブニットトップスに、へそ出しローライズのデニム製ミニスカート。そして靴は、膝の手前まで隠す黒いレザーブーツ。

シンプルな服装ですが、シンプルが故に彼女の肉体美を際立たせている……ように思えます。ですが、表情が硬いですね。

私が声をかけるまでは澄まし顔で、浴びせかけられる視線をそよ風の如く受け流していた三船さんの顔は、私が声をかけると一瞬ほころびましたが、すぐに奇妙な物でも見たかのように固まってしまいました。

「ねえ、リリーちゃん。どうしてジャージ、しかも学校指定のジャージなの？」

「何か、問題でも？」

「大問題だよ。まさかとは思うけど、リリーちゃんって私服を持ってないの？」

「持っているに決まってるじゃないですか。ちゃんと部屋着兼寝間着用に、スウェットを数着持っています」

「リリーちゃんってさ、お洒落に興味ないの？」

「ありません。お洒落なんて、時間とお金の無駄です」

私は何か、おかしなことを言ったのでしょうか。

飛鳥は恥ずかしげもなく大口を開けて、私を見下ろしています。

「OK、わかった。新幹線に乗る前に、服を買いに行こう」

「替えのジャージとスウェットもキャリーケースに入れて持ってきているので、必要ありません」

「必要だよ！　絶対に必要だよ！　だって、もったいないもん！」

「いや、訳がわかり……Wait, wait! Please don't pull me forcefully!」

「ごめん！　何言ってるかわかんない！」

「ちょ、ちょっと！　無理矢理引っ張らないでください！　と、言ったのです！」

私には彼女が何を思い、何を考えて服を買いに行くと言い出したのかが理解できません。できませんが、彼女に右手を摑まれて強引に引っ張られて、駅から一番近いユニクロ的な衣料品店へと連行されました。

「リリーちゃんってさ、スカートは嫌いなの？」

「スカートと言うより、肌を出すのが苦手なんです。それより、三船さん……」

「飛鳥。同い年なんだから、呼び捨てで良いよ」

「では、飛鳥。本当に、ジャージでは駄目なのですか？」

「駄目」

「そ、そうですか」

表情から推察するに、飛鳥は怒っているのですよね？　でも、何に怒っているのでしょう。私が学校指定のジャージで来たことが気に入らないのは、何となくわかります。

ですが、怒るほどですか？

表情豊かな飛鳥が真顔になり、私の意見を聞きつつも坦々と服を選んでいるのを見ていると、怖くなってきました。

「身体のラインが出るのは？」

「苦手……です」

「綺麗なスタイルなのに、本当に勿体ないなぁ。でも、無理に冒険させるのも酷か。じゃあ、色は？　どんな色が好み？」

「黒が、好みと言えば好みです」

「黒ね。リリーちゃんは素材が良いから、黒でも問題なく着こなせると思うよ。だったら、パンツはコレで……」

「あ、あの、飛鳥。新幹線の時間が……」

「切符は買ってないんだから、次の便に乗ればいい」

「それは、そうなのですが……」

「わかったらコレと、コレと……あ、コレもいいな。はい、そこの試着室で着てみて」

「わかりました……」

本当に怖い。有無を言わせぬ。という言葉は知っていましたが、実際に体験すると怖いのだと思い知らされました。

べつに睨まれたわけでも怒鳴られたわけでもないですし、笑顔ですらあるのですが、妙な迫力があって恐ろしく感じるのです。

だから言われた通り試着室に入り、とりあえずジャージを脱ぎました。

「相変わらず、貧相な身体ですね。男性が見たら、きっと溜息をついてがっかりするでしょう」

男性に興味があるわけではありません。

むしろ、子供の頃の経験のせいで苦手。もっとハッキリ言うなら嫌いです。なので当然、裸を見せたいわけではありません。

だから鏡を見るたびに、やせ細っている自分がみすぼらしく思えてしまい、価値観が最も違う身近な存在である異性の反応を想像して、こんな私に男性は興味を示さない。私には見向きもしない。だからもう、男性に嫌なことをされることもないと、自分を慰めようとしてしまいます。

「リリーちゃ～ん。サイズはどう？　きつかったりしない？」

「え？　あ、もう少し待ってください」

声をかけられて物思いから戻った私は、飛鳥が押し付けた服を慌てて着ました。

上は白いTシャツに茶色のロングカーディガン。下は黒のワインドパンツ。日によって暑くも肌寒くも感じるこの時期の気候を考えつつ、動きやすさも重視したコーディネート……だと思います。

「サイズは、丁度いいですね。ですが、これだと……」

お洒落に興味がない私でも、学校指定のスニーカーが不協和音になることくらいはわかりますから、悔やんでしまいます。

「お、出てきた。やっぱりリリーちゃんは、何を着ても似合うね」

「ありがとうございます。で、ですが、その……」

「ん？　どうかした？　好みのコーデじゃなかった？」

「いえ、そうではなくて、そのぉ……」

私が足元に視線を落としたことで察してくれたようで、飛鳥は「あ、なるほどね。じゃあ、靴屋にも寄ろうか。あと、帽子も買う?」と、私ですらほっとしてしまう笑顔で言ってくれました。

4

　ユニクロ的な店を、試着した服を着たままお会計を済ませて出た私たちは靴屋と帽子屋に寄り、白を基調としたスニーカーと黒い革製のハンチングキャップを購入してから、新幹線の時間までカフェで休憩することにしました。

　こういう場所に来るのが初めてで、注文の仕方すらわからない私を飛鳥はリードして、手早くコーヒーとちょっとしたデザートの注文と会計を済ませて入り口に近い席に座りました。

「あの、本当に、お金は払わなくていいのですか？」

「いいよ、いいよ。だって、ボクがリリーちゃんを付き合わせてるんだから、必要経費だよ」

「新幹線の切符代と、東京での宿代もあなた持ちですよね？　一介の高校生であるあなたには、荷が重すぎるのでは？」

「お金の心配はしなくても大丈夫。ちゃんとスポンサーがいるし、ボク自身も、バイトでけっこう稼いでるから」

資金源はスポンサーとアルバイトで得た収入。ですか。飛鳥と知り合ってから、クラスメイトなどにそれとなく彼女のことを聞いてみました。その結果得られたのは、よからぬ噂ばかり。

誰も彼もが遠回しな言い方をしていましたが、要約すると彼女は複数の男性と遊び回る尻軽。同じ高校の男子生徒だけではなく他校の生徒とも親密で、複数人で誰かの家に泊まったりもしているのだとか。さらに、成人男性とも付き合いがあるそうです。しかも、成人男性が相手の場合は、金銭のやりとりが発生していたとも聞きました。

それらの情報を総合して考えると、彼女の収入元は日本で言うところの、パパ活なのではないかと邪推してしまいます。

大昔ならともかく、昨今の日本人女性は貞操観念が崩壊していて、遊びだけの相手としては都合が良い存在だと欧米では認識されているらしいですから、ふしだらな行為をしてあぶく銭を得ていると想像できます。

実際に彼女は、母を基準にして思い描いていた日本人女性像とはかけ離れています。

「えっと、どうしてボク、リリーちゃんに睨まれてるの？」

「睨んだ覚えはありません」

軽蔑はしていますけどね。

と言うのも、私は母の躾の影響で、今の日本女性よりも貞操観念が高いです。だから彼女のような股の緩い女性に嫌悪感を抱いてしまうので……ん？　どうして飛鳥は、私に睨まれたと思ったのでしょう。自慢することではありませんが、私は表情の変化が感情並みに乏しいはずなのですが……気にしても詮無いだけなので追及せず、話を進めましょう。

「ところで、お願いした件は調べてくれましたか？」

「大学と交友関係だよね。バッチリ、調べてきたよ」

「そうですか。では、聞かせてください」

「じゃあ、まずは大学からね。お兄ちゃんが通ってたのは、東京大学の文学部。その中の、歴史文化学科だったよ」

「東京大学？　東京大学と言うと、日本の最高学府じゃないですか。そこに、あなたのお兄さんが通っていたのですか？」

「そうだけど、何か変？」

変ですよ。とは、辛うじて口に出しませんでした。

東京大学とは、日本では俗に東大の略称で呼ばれている日本で最も学に優れた人が入学を許される大学です。まあ、私が英国で通っていた大学と比べたらランクは落ちますが、日本という括りで見れば、間違いなく最高学府です。

そこに、脳みそまで筋肉でできていそうな彼女のお兄さんが通っていたのが、にわかには信じきれません。

いえ、偏見はよくありませんね。愚かな行為です。彼女がフィジカルにリソースを全振りしたように、お兄さんは学力に全振りしたのかもしれません。

そう考え、コーヒーに手伝ってもらってなんとか飲み込みました。

「交友関係は、どうだったのですか？」

「そっちもバッチリ。なんせボク、同じ大学に通ってたお兄ちゃんの彼女とは今でも仲良しなんだ。行くって連絡したら、東京駅まで迎えに来てくれるって言ってくれたよ」

「はあ、そうですか」

「なんか、リアクションが薄くない？」

「そんなことはありません。重要かつ手軽な情報源だと、思っていますよ」

お兄さんの恋人がどの学部に通っていたかは知りませんが、東大に通っていたというだけで理知的な会話が期待できますし、恋人と言う、家族や友人以上に親しかったと思われる関係ならかなり踏み込んだ情報も得られる可能性が高いです。

「では、時間も丁度いいですし、駅に戻りましょうか」

「そうだね。そうし……」

私が席を立ったのに、飛鳥は立とうとしません。若干腰は浮かせているものの、冷や汗を額に浮かべて視線をさ迷わせています。

「どうか、したのですか？」

さすがにそんな反応をされては、私でも聞かずにはいられません。すると飛鳥は、申し訳なさそうに私を見上げて、一言だけ言いました。

「ホテルを予約するの、忘れてた」

そのたった一言で、私たちが窮地に立たされていると教えてくれました。

第二章　過去の恐怖と今の戸惑い。

1

日本は今、ゴールデンウィークと呼ばれる連休の真っ最中。

その初日ではありますが、旅行先として海外でも人気のある東京で、当日にホテルがとれるとはどうしても思えません。最低でも一週間前には、予約しておくべきでしょう。

それなのに飛鳥は、それをしていませんでした。忘れていました。

それは最悪の場合、ただでさえ馴染みのない異国の、もっとも規模の大きい大都市で野宿することになるかもしれない可能性を示唆しているのです。

「予約、取れましたか?」

「えっと、そのぉ……。もうちょっと待ってください」

新幹線の指定席。その窓際に座る私の右隣で、飛鳥は大きい体を限界まで縮めてスマートフォンと格闘しています。

新幹線が仙台駅を出発してそろそろ一時間経ちますが、止まらぬ冷や汗を拭いつつそれを続けていますので、間違いなく予約は取れていないでしょう。

もしかしたら、取れる見込みすらないのかもしれません。

実際、飛鳥は「ここも、ここも駄目か」とか「ここもいっぱい？　え～……埼玉も千葉も、東京に近いところは予約がいっぱいだよぉ……」などと、ブツブツ言っています。

「ね、ねえ、リリーちゃん。最悪、ネットカフェでも……」

「私、ちゃんとした布団じゃないと眠れません」

「だ、だよね！　やっぱり寝るなら、布団がいいよね！」

これは、期待できそうにないですね。このままだとネットカフェどころか、本当に野宿になりかねません。連休の直前に県を跨ぐような依頼をしてくる飛鳥が一番悪いのですが、前日に行き先を告げた私にも非が……いや、やっぱり飛鳥が、全面的に悪いですね。だって、ホテルの予約を忘れていたと、聞いてもいないのに自白しましたから。

「あ、あの、リリーちゃん」

「どうか、しましたか？　あ、もしかして、最低でも一泊数万円が当たり前なホテルのスウィートが取れたのですか？」

「あ、やっぱり何でもないです。もう少し待ってくださいお願いします」

大きな体を再度限界まで縮め、さらに目尻に涙まで追加してスマートフォンとの格闘を再開した飛鳥は、滑稽を通り越して憐れですね。

さすがに私も可哀そうに思い始めたので、ここらで一つ、アドバイスをしてあげましょう。

「お兄さんの彼女さんの家には、泊めてもらえないのですか？　もし伝手があれば、お兄さんの友人、通っていた学科のプロフェッサー……教授なりのアポイントメントも取ってくれるよう、お願いもできるかもしれません」

「え？　あ、そっか。その手があった！　リリーちゃん、ありがとう！　お願いしてみるよ！」

声が大きい。乗客は私たちだけではないのですから、声量は控えめにしてください。とは忠告しませんでしたが、メッセージアプリを使ってお兄さんの彼女さんと連絡を取り始めた飛鳥の表情が徐々に明るくなっていくのを見て、一先ずは安心しました。

正直に言えば、雨露をしのげるのなら私はネットカフェでもかまいません。まだ幼かった頃、父の仕事兼趣味のフィールドワークに無理矢理付き合わされていた経験があるので、私はアウトドアが得意で野宿にも抵抗がありません。そんな私にとって、布団の有無など実は些細な問題です。

ですが、ああいう場所は仕切りがあるとはいえ、不特定多数が一室で一緒に過ごしているのと同じ。それは、私にとって大問題です。

見ず知らずの男性と同じ空間にいなくてすむのであれば、たとえ野宿でも構いません。かまいませんが、屋根の下で、かつ布団があるに越したことはありません。

「良かった！　泊めてもらえることになったよ！　布団も、用意してくれるって！」

「そうですか。それは朗報ですね」

主に、布団の方ですが。

飛鳥とお兄さんの恋人が知り合いで、お兄さんが失踪しても七年近く連絡を取り合い、親密にしていることから、家に泊めてもらえる公算は大いにありました。それなのにもっと早くアドバイスしなかったのは、ホテルのベッドでぐっすりと眠りたい、私自身の欲のためです。

まあ、私も人間ですから、美味しい物を食べ、最高の場所で眠れるのなら、それに越したことはありません。他人のお金なら、なおさらですね。

それはともかくとして、情報源がどんな人なのか暇潰しも兼ねて確認しておきましょう。

「その彼女さんは、どのような人なのですか？」

「曜子姉さん？　曜子姉さんはお兄ちゃんと同い年で、学部は違ったけど馬が合ったらしくて、出会って一週間くらいで付き合い始めたんだって。あ、フルネームは、橋立曜子。歳はお兄ちゃんと同じだから、今年で二十七歳だよ」

「ご職業は？　年齢を考えると、就職していないとは考え辛いです」

「えっと、たしか……あ、そうだ。弁護士。去年、就職祝いをしたよ」

「二十七歳で弁護士？　それはかなり、優秀な人ですね。言葉通りの才媛です」

「そうなの？　リリーちゃんよりも？」

「……司法試験に合格するだけなら、私なら明日にでも可能です。ええ、楽なものです。簡単ですよ。私に言わせれば司法試験など……」

「あ、うん。リリーちゃんが負けず嫌いだってことはわかったから、続きをお願いしても良い？」

「べつに私は、その曜子さんとやらに対抗意識を燃やしている訳ではありません。ですがまあ、脱線したのは確かですので、話を戻しましょう。日本の場合、司法試験の合格は途中経過でしかないのです」

「あ、そこに戻すんだ。じゃあ、え〜っと……。え？　試験に合格したら、弁護士になれるんじゃないの？」

「気になりますか？　では、説明しましょう」

日本で弁護士になるための一般的なプロセスは、個々人の経歴や選択した学習経路によって異なることがあっても、踏むべきステップは基本的に四つです。

第一ステップ。法学部または法学研究科の卒業（4年以上）。第二ステップ。法科大学院または司法研修所の修了（約2年以上）。第三ステップ。司法試験合格（1年以上）。そして最終ステップが、弁護士登録（数か月から1年程度）。したがって総合的に考えると、最短で約7年以上の学習と試験合格のプロセスを要することになります。

ちなみに、私のような天才に限られますが、合格率3・6％の狭き門である司法試験予備試験に合格すれば、第一、第二ステップを省略して司法試験を受けることが可能です。

「理解、できましたか？」

「うん、理解……できるわけないよね。だってリリーちゃん、腕組みしてふんぞり返ってただけじゃん」

「ああ、申し訳ありません。あまりにも一般的で常識の域を出ないありきたりな知識だったので、声に出すのを忘れていました」

「そこさ、一番忘れちゃ駄目なところだよね？　もしかしてリリーちゃんって、うんちくを垂れるのは好きだけど、声に出すのは抵抗があるとか？」

何故だかわかりませんが、心臓が一度だけ、大きく跳ねました。

彼女の言葉で生じたとしか思えないその異常の原因に思い至るよりも早く、追い打ちをかけられました。

「あとさ。仙台で買い物をしてる時に気になったんだけど、リリーちゃんって男が怖いの？」

「ど、どうして、そう思ったのですか？」

「歩いてるときに、男の人とすれ違いそうになったら大袈裟に避けてたから。それに肌を出すのも、身体のラインが出るのも嫌だって言ってたし、色も黒が好きだって言ってたでしょ？　それって、男からの視線すら嫌だってことだよね？」

「い、いや、その……」

私は彼女を、侮り過ぎていたようです。

恐怖に負けて、そうだとわかる情報を垂れ流しにしてしまった私が悪いのですが、まさか彼女に、男性恐怖症を看破されるとは思っていませんでした。

このままだと、言い負かされてしまいます。ならば、遠回しな言い方をして煙に巻き、ついでに罪悪感も植え付けておきましょう。

「む、昔、男性に酷いことをされたのです。あとは、察してください」

「あ、あ～……。そうなんだ。えっと、その、ごめん」

こう言っておけば脳にバグがあるレベルのお馬鹿でない限り、飛鳥のように申し訳なさそうな顔をして口撃をやめてしまいます。

「気にしないでください。先ほど言った通り、昔のことですから」

「気にするよ。だって、リリーちゃんからしたらトラウマじゃん」

「もう一度言いますが、昔のことです。男性に触れられたり、過度に近づかれたりしない限り平気です。まあ、同性でも、身体が大きい人は少し怖いですが」

「ボク、すぐ隣にいるけど？」

「あなたが隣に座っているのは、取った指定席がそこだったからでしょう？」

「それは、そうなんだけど……」

心配そう。と言うよりは申し訳なさそうに表情を曇らせている飛鳥のリアクションが、いま一つ理解できません。スマートフォンと格闘していた時のように体を縮こまらせていますが、もしかして、私を怖がらせないようにしてくれているのでしょうか。

「飛鳥は。良い人ですね」

「ど、どうしたの？　急に」

「いえ、何となく、言いたくなっただけです」

そう、本当に何となく。何故か絶望したように顔を青ざめさせて、「え？　良い人？　も、もしかして脈無し？」と、私では意味が理解できない日本のスラングと思われる言葉を呟いていました。

2

初めて訪れた東京駅は、仙台駅よりもはるかに大きく感じました。いえ、こう言うと適切ではありませんね。

正確には、大きさがわからないほど入り組んでいて、狭いのに広大に感じてしまったのです。慣れている人ならそうでもないのでしょうが、そうではない私にとっては正に迷宮でした。

そのおかげで到着から二時間近く待たされても暇を持て余さずに済みましたが、その代償に、荷物が増えてしまいました。

「ごめんなさいね。布団とか色々と用意してたら、遅くなっちゃった」

「いいよ、いいよ。急に泊めてくれって言ったボクが悪いんだから」

そうです。飛鳥が悪いのです。

だから私は、迎えに来てくれた飛鳥のお兄さんの恋人である橋立曜子さんが運転する車の後部座席で、何の気兼ねもなくくつろげています。隣に諸悪の根源である飛鳥がいなければ、ふんぞり返っていたかもしれません。

それにしても、曜子さんは日本のキャリアウーマンを絵に描いたような人ですね。紺色のパンツスーツを華麗に着こなし、かけているだけで頭が良さそうに見えるメガネが違和感なく顔に馴染んでいる彼女を見たら、並の男性では気圧されてしまうだろうと容易に想像できます。

「ところで、飛鳥」

「ん？　なぁに？　リリーちゃん。曜子姉さんの荒い運転のせいで酔っちゃった？」

「いえ、乗り物酔いはしたことがありません。ただ、待っている間に買った服が必要だったのか気になりまして」

「必要。だってリリーちゃん、今着てる服以外はスウェットとジャージしかないんでしょ？」

「ええ、そうですが、それの何が問題なのですか？」

「大問題だよ。良い？　リリーちゃんは美少女なの。スキンケアだけのノーメイクなのに、誰もが振り向く美少女なんだよ。だから、お洒落は必須。いや、義務だよ。リリーちゃん自身が映えスポットって言えるくらいにならないと駄目」

「ちょっと何言ってるかわかりません」

それに加えて、興味もありません。

私は目立ちたくありません。もっと言うなら、女として見られたくないのです。いえ、これも少し違いますね。私は異性からの、性的な視線に晒されたくないのです。

「まあまあ、そのへんにしときなさい。考え方は人それぞれ。飛鳥はそれを、身をもって知ってるでしょ？」

「そうだけど……。でもさ、曜子姉さんだって、もったいないと思うでしょ？　可愛い子を着せ替えして遊ぶの、曜子姉さんは大好きじゃん。そのせいでボク、こんなになっちゃったんだよ？」

こんなに？　それはつまり、ふて腐れたように上目遣いで曜子さんを睨んでいる飛鳥のファッションセンスの大元は、曜子さんだと言うことなのでしょうか。

「そうね。小さい頃の飛鳥よりも、着せ替えのしがいがありそうな子だわ。えっと、橘さんだったわよね？」

「あ、はい。改めまして、リリー・シャーウッド・橘です。リリーと呼び捨てで、けっこうです」

「ありがとう。飛鳥から聞いてるとは思うけど、わたしは橋立曜子よ。せっかくの連休なのに、飛鳥の我が儘に付き合わせちゃってごめんなさいね」

「いえ、タダで日本を旅行できたと思えば、ラッキーですから」

「気を使わなくてもいいのよ？　どうせ飛鳥のことだから急に押しかけて、『助けてー！』って、泣きついたんじゃない？」

「ええ、だいたい合ってます」

飛鳥は「そ、そんなこと言ってないよ！」と抗議していますが、私が占有して午後のノスタルジーに浸るための空間に押し入ってくるなり、初対面にも関わらずお兄さんの捜索を頼んできたのですから正鵠を射ています。

「ところで飛鳥。寝床を提供するんだから、夕飯は期待しても良いのよね？」

「うん、任せて！　と、言いたいところだけど、曜子姉さんの家って調理器具はないよね？　炊飯器どころか、包丁すらないんじゃなかったっけ？」

「今時、一人暮らしで自炊なんてかえってコストがかかるじゃない。だからフライパンや鍋、調味料の類もないわ」

「あるのは、お酒と冷蔵庫だけ？」

「それで何か、問題でもある？」

有りますよ。問題大有りです。

飛鳥がすかさず「食材だけで料理が作れると思ってるなら、スーパーの前に頭の病たでしょう。

院に行ったほうが良いよ」と、冷静にツッコんでいなければ、私が代わりに言ってい

「飛鳥に頭の心配をされる日がくるとは、夢にも思ってなかったわ。お姉さん、大ショック」

「はいはい。鍋とかフライパンもついでに買っちゃうけど、いいでしょ？」

「ええ、好きにしてちょうだい」

「あ、そうだ。リリーちゃんは、何かリクエストとかある？」

「リクエストはありませんが、疑問ならあります。飛鳥は、料理が得意なのですか？」

「得意って言うか、うちって共働きだから、子供の頃からご飯はお兄ちゃんと一緒に作ってたの。子供なりに、色々と試行錯誤しながらね」

「へぇ、そうなんですか」

質問したのは私なのに、リアクションが薄すぎたでしょうか。飛鳥はウィンドウに肘を預けたまま左頬を掻き、「まあ、凝った物は作れないけどね」と言いながら、寂しそうに笑っています。

ですが、仕方がなかったのです。些細な事とはいえ、出会って間もない飛鳥に興味

を抱いた自分に、驚いてしまったのですから。

3

英国でもそうなのですが、弁護士は高収入のイメージがあります。

なので、東大法学部卒でオマケに最短で弁護士となった曜子さんの自宅は、きっとタワーマンションの高層階だろうと勝手に想像して、楽しみにしていました。

「日本の弁護士って、儲からないんですね」

「リリーちゃん。それはさすがに、曜子姉さんに失礼だよ。ほら、よく見てよ。東京なのに庭付き一戸建てだよ？　東京でこれは凄いよ！」

「東京駅から車でハイウェイを飛ばしたにも拘らず二時間以上かかって、都心部よりも群馬の方が近いこの辺りなら普通なのではないですか？　しかも、平屋ですし」

「き、きっと家賃が安いんだよ！　それにほら、平屋でも一軒家だから、部屋数も多いはよきっと！」

「坪数は、ざっと見た感じですと約二十坪。64㎡ほどですね。２ＬＤＫか、無理をして３ＬＤＫが関の山です。築年数もかなり経っているように見えるので、借家であるなら、家賃は六万円くらいではないでしょうか」

「リリーちゃんって、日本に来てそんなに経ってないよね？　それなのに、どうしてそんなに詳しいの？」

「この程度の情報なら、ネットで検索すればすぐに似たような物件の情報が出てきます」

「へぇ、そうなんだ」

それでも、ネットカフェorr野宿の危機から脱することができたのは事実。だから不満を零すのはこれくらいにして、お邪魔させてもらいましょう。そうしないと、笑顔ではありますが目尻と唇の端をヒクヒクとさせ始めている曜子さんの怒りのボルテージが、ＭＡＸになってしまいかねません。

「ああ、良いですね。古き良き、日本の昭和みたいな匂いがします」

「生まれてないよね？　リリーちゃんのご両親でもギリギリじゃない？　少なくとも、ボクにはわかんないよ。かび臭いのが、昭和の匂いなの？」

知りませんよ。

ただ、玄関の敷居をまたぐなり漂ってきた匂いに眉をしかめながらも、何とか曜子さんの怒りを鎮められそうな言葉をチョイスしただけです。

「ちょっとあなたたち、人の家をこき下ろし過ぎじゃないかしら？」

それがとどめになったのか、とうとう家主様が怒りを発露なさいました。

さすがに、額に青筋を浮かべながらそう言われては口をつぐむしかなく、かつ見続ける勇気もないので、逃げるように「お、お邪魔しまーす！」と、言いながら靴を脱ぎ捨ててリビングと思われる部屋へと逃げ込んだ飛鳥の後を追いました。

あとはあてがわれた部屋に荷物を置き、お風呂で旅の垢を落として、ここまでの道中に寄ったスーパーマーケットで買った食材を飛鳥が調理するのを待って、それを食べながら曜子さんからお兄さんの情報を詳しく聞くだけのはずだったのですが……。

部屋に荷物は置けたものの、お風呂に入らせてもらえないどころか、くつろがせてももらえませんでした。まあ、違う意味で着替えはできましたが。

「あの、これは必要なのでしょうか」

「必要。可愛いわよ、リリーちゃん」

手酌でグラスにワインを注いで飲みながら、脅迫に近い形でメイド服（作った人の良識を疑うレベルの超ミニ）に着替えた私を眺める曜子さんの笑顔は、邪悪そのもの。

どうやら、私と飛鳥は想像以上に、曜子さんの怒りを買ってしまっていたようです。

「そ、そろそろ、料理も出来上がるのではないですか？」

着せ替え人形のようなこの扱いは、私にとっては拷問です。

同性の飛鳥と曜子さんの前とはいえ、露出の多い服装をしていたくありません。

このメイド服で、もう三着目ですよ？

この前のナース服とセーラー服（ともに、男性を誘惑するために作られたとしか思えない露出度。かつ、安物感が凄い）の時点で、私のメンタルはゴリゴリと削れていたのに、メイド服でトドメをさされたと言っても過言ではない精神状態です。これ以上着せ替えをさせられようものなら、それはもう死体蹴りと言っても過言ではないでしょう。

だから、暗に「食事の時間ですから終わりにしましょう」と、提案しました。

「もうちょっとかかるんじゃない？　飛鳥、まだかかるでしょ？」

「あと、小一時間ってところかな」

嘘です。飛鳥は嘘をついています。

この家は北側の縁側に面したリビングを中心として、南に玄関とトイレとお風呂があり、西側に二部屋。そして東側にダイニングがあります。

そのダイニングから曜子さんに言われるがまま、様々なコスチュームに寝室としてあてがわれた部屋で着替えて出てくる私を、チラチラと覗いていますから。

「だってさ。だから、次はこれね。あ、着方はわかる？」

「わからなければネットで調べますが……。あの、本当にこれを、着なければならないのですか？」

「あら、嫌なの？　祖父から相続した思い出深い家を散々馬鹿にされて、それでも夕ダで泊めてあげてるわたしのお願いを、リリーちゃんは聞いてくれないのかしら？」

「あ、はい。着替えます。喜んで、着替えさせていただきます」

私はどうやら、怒らせてはいけない類の人の逆鱗に触れてしまったようです。

笑顔なんですよ？　曜子さんはずっと笑顔なんです。ですが、その笑顔には妙な威圧感があり、まるで「逆らったら殺す」とでも言われているような気分になってきます。

だから素直に、リビングを出て着替えたのですが……。

「逆らえないのは嫌と言うほど理解しましたが、これはさすがに……」

恥ずかしすぎます。露出度という意味では先の三着と同じ、いえ、タイツをはく分少ないのですが、実用性がなさすぎます。

いえ、語弊がありました。

男性を誘惑する。この一点に限れば、先の三着以上にあるでしょう。しかも、これはちゃんとしています。某免税店で手軽に購入できるような安物ではありません。ガチです。ガチのバニーガールです。おそらく、各種小物を合わせて1万数千円はするでしょう。明らかにこれだけ、値段もクオリティも違います。

もしかして、曜子さんが飛鳥のお兄さんを誘惑するために購入したのでしょうか。いえ、そうだとしたらサイズが違いすぎます。

曜子さんは、飛鳥ほどではないですが高身長。身長は私より10cm以上高く、スレンダー体型の飛鳥の真逆でグラマー。世の男性が思い浮かべる理想的な女性を体現したような体つきです。その曜子さんが購入し、死蔵していた衣装が私にピッタリ。この奇天烈な状況が発生した原因は、2パターンほど考えられます。

1、量販店ではなく、通販で購入したためにサイズを間違えた。十中八九、これでしょう。私にジャストフィットだったのは、偶然だっただけだと思われます。そう信じたいです。

2、私に着せるために用意した。これは現実的ではありません。

私と曜子さんは今日が初対面ですから、目測で私のサイズに見当をつけたとしても、東京駅からここまでの道中に購入できるタイミングはありませんでした。

飛鳥が前もって曜子さんに私のサイズを伝えていた可能性もありますが、会ったこともない赤の他人である私に着させるために、衣装を用意するとは考え辛いです。

「リリーちゃ〜ん。まだ〜？」

「あ、はい。もう、出ます」

酔っぱらいがツマミを催促したような口調でしたが、声音が「さっさ出てこいよ」と言われているように力強かったので、引っ張られるようにリビングへと出ました。

出た瞬間に目に飛び込んできたのは、テーブルに用意された夕飯。そして、ワイングラスを片手にスケベオヤジのように下卑た視線を向ける曜子さん。そして、大皿に盛った鶏の唐揚げをテーブルに置こうとしながら、両目を限界まで開いて私を凝視する飛鳥でした。

「あ、ちょ、その……。見ないで、ください」

視線。特に飛鳥の視線が痛い。曜子さんとは違い、飛鳥の眼差しは、私の痴態を余すことなく記憶するかのように、全身を突き刺すように這い回っています。

「よ、曜子姉さん、本当に買ってたの？」

「飛鳥が『超絶美少女なんだけど、ファッションセンスが絶望的なんだよ！』って、わたしが泊まらせてあげるって言った後に愚痴ったからよ。飛鳥が手放しで『美少女！　美少女！』って連呼するの、珍しかったからね。だったら、可愛く着飾ってあげようじゃない！　ってなノリで、お姉さん奮発しちゃった」

「それでバニー!?　どうしてそうなるのさ！」

ほう？　つまり、私がこんな目に遭わされているそもそもの原因は、飛鳥にあったわけですね。と、抗議を込めた視線を飛鳥に向けていたら、冷や汗を流しつつ大皿をテーブルに置いて、何故か中腰のままダイニングに戻りました。

その様子を見た曜子さんは「飛鳥も年頃ね」と、訳の分からないことを言いながら、グラスの中身を飲み干しました。

そして、グラスの口を私へと傾けて、「リリーちゃん、お酌して。あ、もちろん、その恰好のままで」と、にこやかに命令しました。

それは何度も、曜子さんが酔い潰れて寝てしまうまで何度も繰り返させられ、解放されてお風呂に入る頃には日付が変わっていました。

「まったく、散々な一日でした」

なので、湯船につかるなり誰にともなく愚痴ってしまっても仕方がないのです。

飛鳥のこだわりのせいで荷物を増やされ、曜子さんには着せ替え人形代わりにされ、オマケにホステスの真似事までさせられた今日は、今までの人生で最悪と言っても過言ではない一日でした。

それなのに不思議と、私は不快に感じていません。

「そう言えば、日本に来てからこんなにも濃密に他人と関わったのは、初めてですね」

この理解できない感情の矛盾に理由をつけるとしたら、それくらいしか思い浮かびません。

「いやいや、そんなはずはありません」

他人との関わりを避けていたはずの私が、実は人と関わりたがっていた？　有り得ません。不快感がなかったのは、おそらくそう感じる暇もないほど、怒濤のように色々と経験したからでしょう。そう、余裕がなかったのです。

感情の暴走に翻弄されながら髪を乾かして寝間着代わりのジャージに着替え、母に躾けられたせいで子供の頃からすっかり習慣となってしまったスキンケアを終えて寝室に戻ると、スウェットに着替えた飛鳥が布団の上でうつ伏せになって、スマートフォンで動画を見ていました。

「何を、見ているんですか？」

「ユーチューブだけど……って、何を、そんなに驚いてるの？」

自分の発した言葉に、驚いているのです。

私は他人に興味がありません。他人がどこで何をしていようと、私には関係ありません。他人がどこで、どんな生活をしていても関知しませんし、どこかで誰かが亡くなったと聞いても同情できません。

そんな私が、飛鳥が見せたありきたりな日常風景に、興味を抱いてしまいました。

「リリーちゃんも、ユーチューブを見たりするの?」

「見ません。時間の無駄にしか思えませんので。飛鳥は、どんな動画を見るのですか?」

「ボク? 料理系とか、メイクファッション系が多いけど……。興味、あるの?」

「いえ、ありません。ありませんが……」

私はジャージの上を脱ぎながら飛鳥の隣に座り、まるで「一緒に見ましょう」と言わんばかりに、飛鳥の顔とスマートフォンを交互にチラチラと見ています。

いいえ、少し違いますね。私はたぶん、誘ってほしいのです。「一緒に見ない?」と、飛鳥に言ってほしいのだと思います。

ですが、飛鳥は体を強張らせて視線をさ迷わせるだけで、その一言を言ってくれません。

Japanese slangで言うところの、キョドっている状態が近いかもしれませんね。

「え、えっと、その、リリーちゃん」

「何ですか？」

私の想いを察してくれたのか、飛鳥は意を決したようにゴクリと唾を飲んでから私を見上げました。その視線が、妙に熱く感じます。

それに、ドキドキしています。熱のこもった飛鳥の視線に晒されているせいか、私の心臓が暴走しかけています。

きっと今、一緒に見ようと誘われたら興味が無くても見てしまうでしょう。きっと私は、飛鳥と一緒に楽しんでしまうでしょう。それなのに、飛鳥は、「ほら、もう日付が変わってるし、明日は朝から人と会う約束もしてるから……」とだけ言って、頭から布団をかぶって私から逃げてしまいました。

4

昨晩は、一睡もできませんでした。

他人が横で寝ていて、かつ他人の家だから寝付けなかったのならまだ救いがありました。

私の気分と気持ちを察してくれなかった飛鳥に腹が立って、飛鳥の枕元で正座して睨み続けていたら朝になっていたのです。

さらに、飛鳥が隣ではなく逃げるように助手席に座ったことで、一晩かけて鎮静化させた怒りが再燃してしまいました。もっともそのおかげで、東京大学へと向けて曜子さんが運転する車の後部座席で揺られていても、眠気は感じずに済んでいます。

ん？　それはそうとして、どうして私は飛鳥が隣に座らなかったくらいで、こんなにも怒っているのでしょう？

「ねえ、飛鳥。あなた、何かしたの？」

「誓って、何もしてないよ」

「じゃあ、どうしてリリーちゃんの機嫌が悪いのよ」

「それはボクが聞きたいくらいだよ。どうしてだかずーっと、睨まれてるの。起きた時なんてビックリしたな。枕元で正座したリリーちゃんが、ボクの顔を覗き込むようにジーっと見てたんだよ？　目の下に隈まで作って。一瞬、幽霊かと思ったよ」

「何それ怖い。じゃあ、機嫌をとるくらいしなさいよ。例えば服とか。膝から手首にかけてのラインがフワッとしてて、白を基調として肩から胸元にかけて花柄があしらわれたブラウスに、デニム生地のロングスカート。裾にフリルがついてるのがポイントね。完全に、飛鳥好みの服装だわ。あ、もしかして、あなたが買ってあげた？」

「う、うん。昨日、曜子姉さんを待っている間に……」

「じゃあ、是が非でも褒めなさいよ。ほら、早く。あの子、わざわざ飛鳥好みの服装をしてくれてるのよ？　これで褒めないなんて、あり得ないでしょ」

「タイミングを見て褒めようと思ってたのに、褒められなくなったよ。たった今、曜子姉さんのせいで褒めにくくなったよ！」

　ほう？　このコーディネートは、狼狽しながら曜子さんに抗議した、飛鳥の趣味だったのですね。私の希望に沿った形で選んでいるように見せかけて、自分好みの服をチョイスしていたわけですか。

スカートは苦手だと拒否する私を、「ロングスカートだから。足首くらいしか見えないよ！」と、熱弁して説き伏せたのも全て、私に自分好みの服装をさせるためだったのですね。

幻滅しました。ですが同時に、不思議です。

どうして飛鳥は、自腹を切ってまで自分好みの恰好を私にさせようとしたのでしょう。曜子さんのように、リアル着せ替えごっこをする趣味があるのでしょうか。

「と、ところで、曜子姉さん。もう一回聞くんだけど……」

「弥生君の最後の行き先でしょう？　七年前も昨日も話したけど、心当たりはないわ。あの人、帰ってから武勇伝みたいに土産話をするのが好きだったから、事前に行き先を教えてくれなかったのよ」

東京駅から、曜子さん宅への道中でしたか。その際に、私と飛鳥はお兄さんが最後に向かったと思われる場所のヒントを、曜子さんから聞き出そうとしました。

飛鳥は今正にそうしているように、恋人だった曜子さんですらお兄さんが向かった場所を知らなかったことを再確認して肩を落としていましたが、私からすれば三か所を一か所に絞り込めたので十分でした。

「ねえ、曜子姉さん。お兄ちゃんって、どんな人だったの？」

「わたしより、飛鳥の方がよく知ってるんじゃない？」

「知らないよ。ボクが知ってるお兄ちゃんは、大人だったんだもん。ほら、ボクんちって、昔は両親が留守がちだったでしょ？　だから、進学して東京に行っちゃうまでは、ボクにとってはお兄ちゃんって言うより親代わりだったから」

親代わり、ですか。想像するしかありませんが、飛鳥にとってお兄さんは、両親以上に大切で身近な存在だったのかもしれません。だから飛鳥は、自腹で旅費どころか私の衣服代、報酬まで出して、お兄さんを探し出そうとしているのでしょう。

私が察したくらいですから、曜子さんなら当然、察しているはず。それを裏付けるように、曜子さんは静かに語り始めました。

「弥生君は、何て言うか、自分勝手な人だったわ」

「自分勝手？　あのお兄ちゃんが？」

「そうよ。連絡もまともに取れないことが多かったし、デートしていても研究の話ばっかり。行き先も教えずにフィールドワークに出るのなんて、しょっちゅうだったわね。まあ、七年も帰ってこないのは、初めてだけど」

「えっと、それ、一緒にいる時間は……」

「ほとんどないわよ。同棲してなかったら、きっと別れてたわ」

同棲していても、別れる理由としては十分すぎる気がします。

それなのに、曜子さんとお兄さんの仲は破局しなかった。いえ、もしかしたら曜子さんは、失踪期間が交際期間より長くなった今でも、お兄さんと交際していると考えているのかもしれません。

「えっと、なんか、ごめんなさい」

「飛鳥が気にすることじゃないわ。別れなかったのは単に、惚れた弱み。好きだったから、別れたくなかったの」

好きだから、どんなにぞんざいな扱いをされても別れなかった？　信じられない。

と言うよりは、理解できません。

曜子さんは学歴も知識もある、理知的な女性です。そんな彼女が好きだと言う理由だけで、まともに相手をしてくれない人と恋人同士でいられたなど、信じられません。

いいえ、信じたくありません。

曜子さんのような、私と同じ側の女性が本能に負けただなんて、絶対に信じたくありません。信じてしまったら私まで、理性より本能を優先してしまう可能性が生じてしまうではないですか。

「曜子さんは飛鳥のお兄さんの、どんなところが好きだったのですか？」

私が会話に乱入するとは思っていなかったのでしょう。飛鳥は座席越しに、曜子さんはルームミラー越しに、意外そうな顔を私へ向けました。ですが私は、その視線にひるまずに曜子さんの答えを待ちました。

「しいて一言で言うなら、可愛かったから。かな」

「可愛い？　見た目が、ですか？」

「飛鳥には悪いけど、外見はお世辞にも褒められたものじゃなかったわ。何かに例えるなら、チー牛かしら。間違いなく、イケメンじゃなかった。あ、不細工ってほどじゃなかったのよ？　あくまで、世間一般の基準で見て、並以下だったってだけ」

「外見は平均以下で、性格は自分勝手ですか。東大生であることが、唯一のステータスのように思えますね。いえ、むしろ、東大生じゃなかったら、モテる要素がないのでは？」

否定の言葉はなし。飛鳥は「いっぱいある！　お兄ちゃんのいいところ、他にもいっぱいあるよ！」と、必死に抗議していますが、曜子さんは何かを諦めたような顔をして受け流しています。

そして飛鳥が「あるもん。お兄ちゃんの良いところ、いっぱいあるもん」と、呟きながらふて腐れるなり、溜息を一つついてから話を再開しました。

「弥生君はフィールドワークから戻ったら、武勇伝みたいに土産話をするのが好きだった。って、言ったわよね？」

「はい。その時のお兄さんが、可愛かったのですか？」

「そうね、その通り。楽しそうに旅先での出来事や発見を話す弥生君は、子供みたいで本当に可愛かったわ。でも、それだけじゃないの。ほったらかしにされたことに怒ってるわたしに、本当に楽しそうに嬉々として話してるのに、目だけは悔しそうだったのよ」

「楽しそうなのに、悔しそう？　ごめんなさい。意味がわかりません。それは日本語特有の言い回しですか？」

「いいえ、そうじゃないわ。実際に見たわたしでも、そう表現することしかできないのよ。でも今思うと、そのギャップがわたしの何かに、刺さってたのかもね」

だから、曜子さんは七年も帰りを待ち続けることができた。

私だったらどうでしょう。後学のためにも、初恋すら経験したことがない私ですが、仮に好きな人ができたとして想像してみましょう。

「う～ん……」

想像してみようとしましたが、まったく想像できません。そもそも、誰かに恋をすると、どうなるのでしょう。家族ではなく、ＤＮＡ的には完全に赤の他人である特定の誰かを愛すると、私はどうなってしまうのでしょう。

これは私なりの解釈ですが、恋愛感情とは子孫を残す本能を喚起させるための、着火剤のようなもの。恋という種火で体が燃え上がるほど相手を求め、様々な形の愛へと昇華されて安定する。要は、繁殖を促す感情。と、ロジカルに考えてしまうから、想像できないのでしょうか。それとも過去の経験から、そうなりたくないと思って、頭が想像することを拒否しているのでしょうか。

「急に黙っちゃったけど、どうしたの？　もしかして、トイレ？」

「飛鳥。デリカシーがなさすぎるわよ」

本当ですね。曜子さんが叱ってくれなければ、助手席を力いっぱい蹴り飛ばしていました。

ですが、感謝もしています。

飛鳥の言動に苛つかなかったら、私は答えが出ないこの難問で無駄に悩み続けていたでしょうから。

5

卒業生である曜子さんに案内された私たちは、本郷キャンパスと呼ばれている地区に正門から入り、左手にあるコンドル像を遠目に望みながら右折して総合図書館を目指しました。有名な赤門から入れば目的地も近く、観光気分も味わえて一石二鳥だったのですが、残念ながら構造調査のために閉門されていました。

「なんだか、頭が良さそうな匂いがする」

などと、キョロキョロしながらお馬鹿な発言をお馬鹿面して言ったのは、もちろん飛鳥です。そんな飛鳥を無視して、私は曜子さんと連れ立って歩きました。

「そういえば、お兄さんが師事していたプロフェッサーのアポイントメントも、取ってくれているのでしたね」

「ええ、言われた通り、ちゃんとアポは取ってるわ。最初に会うのはその人。そのあとに、連絡がついた弥生君の友人と中央食堂で会う予定にしてる」

「飛鳥では要領を得ない説明しかできなかったでしょうに……。それでもそこまでの段取りをして頂いたと思うと、頭が下がります」

「弥生君を探してる。しかも今回はイギリスの大学を十五歳の若さで、飛び級で卒業した天才美少女が協力者って聞いたからね。お姉さん、張り切っちゃった」

「今回は？　と、言うことは、飛鳥は以前にも？」

「ええ。三年ほど前に、貯めたお小遣いをはたいて東京まで来たわ。もっとも、駅で迷子になって、泣いただけで終わったけどね」

「それは、凄い勇気ですね」

　いくら仙台駅周辺で都会的な雰囲気に慣れていたとしても、東京はそれを遥かに上回ります。英国の首都の一つであるロンドンに慣れている私ですら、狭い空間に無理矢理、かつ合理的にありとあらゆる物を詰め込んだ東京には圧倒されました。

　そんな大都会に、仙台くらいしか知らない女の子がお小遣いをはたいて、しかも一人で行くなど、並大抵の勇気ではできないと思います。少なくとも、私には無理です。

　今も、私たちの少し後ろを歩きながら阿呆面を晒してキョロキョロしている飛鳥が、私にはできないことを過去にしていたと知って、少しだけ感心しました。

「飛鳥をチラチラ見ているけど、もしかして惚れ直した？」

「惚れ？　は？　おっしゃっている意味がわかりません」

曜子さんは、私を同性愛者だと思っているのでしょうか。

そんな勘違いをされるような会話も仕草も、した覚えはまったくないのですが……。

「飛鳥は良い子よ。体力があるのはもちろんとして、スポーツ万能だし手先も器用。料理も一通りできるし、意外と綺麗好きで掃除と洗濯もマメ。欠点と言えば、思い込みが激しくて勉強が苦手なくらいね。あ、それと、あの子ってご両親の特殊な教育方針のせいで、かなり稀有な特技が……」

「ちょ、ちょっと待ってください。どうして曜子さんは、いきなり飛鳥のプレゼンテーションを始めたのですか？」

「飛鳥の好感度を、上げようとして？」

どうして疑問形？　いえ、そもそも、どうして曜子さんは、飛鳥に対する好感度を上げようとするのでしょう。

初めて会話した日こそ、無遠慮で礼儀知らずなギャルという印象でしたが、会話を繰り返し、一晩とはいえ一緒に過ごしたことで、好感度は上がっています。

考えるだけで顔が熱くなりますが、友人にしてあげても良いと思えるくらいには、信頼しています。ですが、逆に言えばその程度です。

それなのに、「ね？　優良物件でしょ？　だから、前向きに考えてみてくれない？

かなり奥手で経験もないから、あの子の方から告白するまで時間はかかるかもしれないけれど、もし告ってきたら、真剣に考えてあげてくれないかしら。あ、もちろん、リリーちゃんから告るのも、ぜんぜんオッケーよ」と、しつこく言われると、嫌な想像……いえ、最悪のケースではありますが、曜子さんが私と飛鳥をレズビアンカップルにし、さらにコスプレ（本当の意味でのコスチュームプレイ）をさせようとしているのではないかと邪推してしまいます。

「えっと、その、プロフェッサーのお名前を伺っておいても、よろしいですか？」

相手は弁護士。極端な言い方をすれば、口論のプロフェッショナル。知識はあっても人と話すのが苦手な私では、押し切られて飛鳥と交際させられかねません。だから話題を変えたのですが、察しの良い曜子さんに通じるはずはなく。

しっかりと、「リリーちゃんも、奥手なのね。じゃあ、お姉さんが背中を押して、この連休中にくっつけてあげましょう」と、有難迷惑でしかない宣言をすることで、暗に話題を変えることを了承してくれました。

「藤邑真一？　それが、お兄さんが師事していたプロフェッサーのお名前ですか？」

「そうよ。聞いたことあるの？」

「父から、似た名前を聴いた覚えがあります。ですが字が違うので、別人でしょう」

日本において、別の意味で歴史に残ることをしでかした中心人物として、ダディが罵倒していた記憶があります。ですがダディは、「気持ちだけなら、理解できる」とも言っていました。

その話を一緒に聞いていたマムは、「ダディは数々の歴史的発見の手助けをしているけれど、最も見つけたいものを見つけられずにいるからそう思うのよ」と、小声で私にフォローしていました。

「リリーちゃんのお父様のご職業って、歴史学者？」

「大学では、考古学の教鞭をとっています。ですが研究方法は、歴史学者に近いですね。実際、同業者にすら、別の意味で考古学者だと認識されていません」

「別の意味で？　それはつまり異端とか、そういう感じで？」

「奇人呼ばわりはされていますが、異端とまでは言われていません。父はあくまでも発見されている異物、書物などを参考にしつつ、客観的に事実を導き出そうとしているだけです。ただ、父は知識の幅が広く西洋から東洋まで、それこそ、聞いたこともないような離島の伝承にまで精通しているので、行き詰まった世界中の研究者から知恵を求められることが多々あります。そのせいで、考古学者と言うよりは歴史学者、民俗学者と、誤認されていることがあるのです。ですが、歴史に関する業界では有名人なので、藤邑教授も名前くらいは知っていると思います」

それ故にダディは、ロンドン考古協会で重宝されながらも重要なポストにはつけず、奇人と蔑まれてさえいます。その最たる原因は、ダディが探し求めている物のせいです。

ダディはあくまでも地道に、世界中のありとあらゆる伝承や神話、文献まで網羅するほどの知識を有していながら、夢物語、オカルトと言っても過言ではないほど、現実的ではないものを探しているのです。

「リリーちゃんって、もしかしてお父様が苦手？」

「……そんな顔を、していましたか？」

「顔と言うよりは、声のニュアンスかしら。微妙ではあったけれど、忌々しそうと言うか、憎んでいるような感じに聞こえたわ」

「憎んでいる。ですか。言い得て妙ですね。そうだとしたら、それはダディだけではありません。マムも含まれます。マムとダディは、自分の欲求に正直な人たちです。それに巻き込まれる私の気持ちなど、一切考えてくれません。ダディは、生徒にすら聞かせられないような持論を私に無理矢理聞かせて自己満足に浸っていました。マムは、良家の出だからかやたらとプライドと貞操観念が高く、躾にも厳しかったです。

かと思えば、私が大学を卒業するなり日本行きの飛行機へと押し込みました。私は日本になんて、来たくなかったんです。日本での生活にも高校生活にも興味はありませんでした。面倒くさい人たちではありましたが、私はそれでも両親と一緒に暮らしていたかったんです。それなのに、マムもダディも、まるで私が、私が……」

邪魔者だと言わんばかりに、日本へと送り出しました。空港から飛び立つ飛行機の窓から見える景色を眺めながら、「私は、捨てられたのでしょうか」と思い、涙ぐみもしました。

「かなり、複雑な家庭環境だったみたいね」

「普通とは、お世辞にも言えませんね。家ではマムから時代錯誤な躾をされるか、お酒に酔ったダディに絡まれるかの二択しかありませんでした。自由な時間なんて、もちろんありません。学校が終われば即帰宅。行動はGPSで監視されていましたので、いつもとは違う帰り道を試すことすらできませんでした。なので当然、友人と遊ぶことも許されません。しいて自由な時間があったとすれば、寝室にいる時くらいでした」

「それ、過保護とか過干渉を通り越して虐待レベルなんだけど、誰かに相談したりした？　リリーちゃんって、あっちの大学を飛び級で卒業してるんでしょ？　それくらい頭が良ければ、法的に両親から離れる方法くらい思いついたはずよ」

「それが、思いつかなかったんです。いえ、考えることすら、しませんでした」

知識はあります。私は映像記憶能力を持っていますので、英国にいた十五年間で見る機会のあったありとあらゆるジャンルの書籍を記憶（もっとも、映像として記憶しているだけなので理解はしていませんが）しています。

その知識を有効に使えば、曜子さんがおっしゃった通り、合法的に両親から逃れることはできたでしょう。

でも、したくなかったんです。私はきっと、それでも両親のことが好きだったんです。

どれだけ嫌な思いをさせられても、その根底に私への愛があると信じていたんだと思います。だからこそ、日本へと向かう飛行機の中で、寂しくなって泣いてしまったのでしょう。

「虐待を受けている子供はそうだと認識できずに、自分が悪いから親が怒るんだと思い込む傾向があるらしいけど、リリーちゃんの場合は少し違うみたいね」

「ええ、違うと思います。そもそも、両親から叱られた記憶がありませんから」

そう言った途端、「だから私は、遠ざけられたのでは？」と、思ってしまいました。

両親の言うことに逆らわず、泣きも笑いもせず無表情で、言われた通りにするロボットのような子供。そんな子供は、親からしたら気持ちが悪いのではないでしょうか。

両親はともに十代の頃に大恋愛の末に駆け落ちしたと聞いていますので、まだ三十代。望めばまだ、子供を授かれます。私が日本に来て半年以上経ちますので、もしかしたらすでに、マムは妊娠しているかもしれません。

つまり、私は本当に、両親から……。

「悲観しすぎよ、リリーちゃん。あなたのご両親は、あなたを捨てたわけじゃない。遠ざけたかったわけでもない。きっと、可愛い子には旅をさせろってやつだったんだと思うわ。だから、そんなに不安そうな顔をしちゃ駄目」

「わ、私、そんな顔をしていましたか？　顔に、出ていましたか？」

「ええ、薄っすらと、だけど。怯えてるようにも見えたわ」

怯えてる、ですか。初めて言われました。言われたことで、初めて確信しました。

私は両親から、愛されたかった。個性が暴走しているような人たちですが、それでも私を愛してくれていると、信じたかった。早熟な頭が年相応に振る舞うことを許してくれなくとも、本当は愛されたいと思っていたんです。

「私もまだまだ、子供です」

「頭が良すぎるのも、不便よね。そうやって気取らずに、素直に甘えればよかったのに」

「そうできれば、良かったんですけどね。もし、それができていたら……」

私も飛鳥のように、喜怒哀楽がわかりやすい性格になっていたかもしれません。

飛鳥のように、ちょっとしたことで一喜一憂できていたなら、きっと日本での生活は友人に囲まれて充実したものに……。

「いや、無しですね。私のキャラじゃありません。赤の他人に囲まれて充実した高校生活など、考えただけでゾッとします」

「そうね。昨日知り合ったばかりだけど、友達と談笑してるリリーちゃんは想像できないわ。あ、馬鹿にしてるわけじゃないのよ？」

「ちゃんとわかっていますから、ご心配なく」

私はソリストを気取っています。

周りの人たちから避けられているのではなく、望んで一人になっているのです。コミュニケーション障害ではありませんし、祖国には一人ですが、今でも連絡を取り合っている友人もいます。

「だから絶対に、一人ぼっちでもひとり上手でもないのです」

「リリーちゃんの頭の中で何がどうなってそんなセリフを吐いたのかはわからないけど、後者は曲名だから。リリーちゃんの歳で、中島みゆきなんて知ってるの？」

「もちろん。母が大ファンでしたから、知っています。たしか、日本で一番の女性シンガーで、Mariah Careyと同格の人ですよね？」

「世界的なシンガーソングライターと同格？　いや、たしかに日本には、熱狂的なファンも大勢いるけど……。反応に困るから、その話題はやめてくれない？」

「あ、はい。そうですね。図書館も近いですし、このくらいでやめましょう」

私と曜子さんはクスリと笑い合い、図書館の入館口へと歩を進めました。

ああ、ちなみに。

完全に蚊帳の外で、モブを通り越して風景と化していた飛鳥は東大の空気に馴染めないのか青い顔をして、「頭が良すぎて気分悪い……」などと、お馬鹿なことを呟いていました。

6

無骨なパイプオルガンをイメージさせる総合図書館こと、東京大学附属図書館へ入館するためには、東大の学生証か職員証、名誉教授証を、入退館ゲートのＩＣカードリーダーに通す必要があります。

曜子さんは卒業時に、東京大学附属図書館入館証を発行してもらっているそうなので問題なく入れますが、完全に部外者である私と飛鳥が入るためには事前に申請しておく必要があるそうです。

曜子さん曰く、最も手軽なのは図書館見学ですが、それが可能な時期は八～九月と二～三月の平日のみなので、本来なら門前払い。

それなのに、私と飛鳥は曜子さんに先導されて正面にあった真っ赤な大階段を無視するようにエレベーターに乗り込み、四階にあるアジア研究図書館へ向かっています。

「良かったのですか？　このことが発覚したら、色々と問題があるのでは？」

「わたし、これでも法学部を首席で卒業してるの」

「それが何か？　いくら首席でも、卒業生の威光など知れていますよね？」

「リリーちゃんは社会経験がないからそう思うのも仕方がないけれど、首席ともなれば自然と、コネの方から寄ってくるの。それに、リリーちゃんの存在も大きかったわ。イギリスの有名な大学を飛び級で卒業した天才美少女が見学したがってるからどうにかできないかって直訴したら、あっさりと許可してくれたわ。飛鳥はまあ、オマケってことで」

　稀覯本を数多く所蔵しているのに、セキュリティが甘すぎませんか？　それにそもそも、入館に面倒な手続きや許可が必要なのなら、藤邑教授との待ち合わせは別の場所ですれば良かったのでは？　と言いたい気持ちはありましたが、日本の最高学府、その附属図書館の蔵書には私も興味がありましたので、口には出しませんでした。

　ああ、ちなみに、飛鳥は図書館の雰囲気に圧倒されたのか、「頭の良い匂いが濃くてクラクラする。このままじゃ、匂いだけで頭が良くなっちゃうよ」などと、正気を疑うような譫言を呟きながら呆けています。

「予備知識として知っておきたいのですが、藤邑教授は何について研究しているのですか？　アジア図書館の蔵書はたしか、その名の通りアジア諸国に関する物が主ですよね？」

「申し訳ないけど、私も詳しく知らないの。ただ、弥生君が、日本の失われた四世紀に関する研究をしてる人だって、聞いた覚えはあるわ」

「なるほど。と、言うことは、他国に伝わる当時の日本の伝承なりを探すために、アジア図書館に来たのかもしれませんね」

「そんなところじゃないかしら」

曜子さんが話を締めるのとほぼ同時にエレベーターが止まり、扉が開きました。

内装よりも先に興味を引かれたのは、紙の匂い。様々な年代の本が醸し出す、懐かしさすら感じるこの匂いを嗅いでいると、本好きの端くれとして純粋に興奮してしまいます。

「リリーちゃん、鼻息が荒くなってるけど、もしかしてテンションが上がってる？」

「そ、そんなことは……」

「あるでしょう？　書架に飛びつきそうなほど落ち着きがなくなっているし、無駄にキョロキョロしてるじゃない。本、好きなの？」

「え、ええ、まあ、人並みに。曜子さんだって、好きな本の一冊や二冊はあるでしょう？」

「あるわよ。まあ、ここに置いてあるような本じゃないけれどね」

私は嘘をついて誤魔化しましたが、お世辞にも、人並みとは言えません。

誰にも、両親にすら言ったことのない私の唯一の趣味は、本の蒐集。ただし、実際に本を集めている訳ではありませんし、ジャンルも無作為で統一性もありません。

ですが私の蔵書数は、下手な蒐集家をはるかに上回ります。そう、私は映像記憶能力を駆使して本を蒐集し、脳内に図書館を建設しているのです。

それは正に、知識の宝庫。全てを理解している訳ではないですが、私の脳内にある叡智はウィキペディアに匹敵すると自負しています。その自負が、知識欲とカテゴライズされている欲望を後押ししました。

「あの、曜子さん。藤邑教授とお会いしたあとで少しだけ、本当に少しだけでいいので、見学を……」

「いいけど、そんなに時間の余裕はないわよ？　精々、十分かそこらじゃないかしら」

「それだけあれば、十分です」

「……リリーちゃんって、俗に言うビブリオマニア？　それとも、ビブリオフィリア？」

「どちらかと言えば、前者です」

私が自身をビブリオマニアと称するのは語弊があるかもしれませんが、本自体に欲情はしていませんので、前者に当てはまると思います。

「では、曜子さん。急ぎましょう。一刻も早く面会と聞き取りを終わらせて、本を見なければ」

「優先順位が変わってる。弥生君に関する情報を得るのが最優先で、本は二の次三の次。良いわね？」

「あ、はい。ちゃんとわかっています」

と、言いつつも、私の視線は立ち並ぶ書架に吸い寄せられました。

それでも理性を保って体まで引き寄せられずにすんだのは、「欲望に正直になってるリリーちゃんも可愛い」と、呟いている飛鳥の視線に気づいたからです。

「ああ、こちらにいらしたんですね、藤邑教授」

「君が、橋立君か。三船君から、君の話はよく聞かされていたよ」

私にとっては本能に近い欲求に抗っていると、曜子さんが数ある書架の一つの前で本を広げていた藤邑教授を見つけて声をかけていました。

見た目的に、歳は五十代後半から六十代前半くらい。身長は、男性の割に低めですね。私よりは高いですが、曜子さんよりは低い。１６０cm台前半ほどでしょう。頬はこけていて、痩せぎすの体に高そうな焦げ茶色のスーツをまとっています。ピラミッドを思わせる三角形の模様が彫られた金色の留め具がついたループタイと、老紳士然とした立ち居振る舞いが印象的です。

声も口調も穏やかですが、瞳だけがギラギラとしているのが少し気になります。もしかして、警戒されているのでしょうか。

「そちらの二人が、わたしに用がある子たちかな？」

「はい。ショートカットの方が飛鳥。三船君の親族です。そしてロングヘアの方が、リリー・シャーウッド・橘。仙台の高校に、留学生として通っている飛鳥の同級生兼、アドバイザーです」

「ほう？　三船君の親族か。ならば用とは、彼の行方に関する話だね」

「は、はい。お兄ちゃ……兄の行き先に、心当たりはありませんか？」

大根役者という言葉が、日本にはありましたね。

教授は飛鳥に興味を示したようなセリフを口にしながらも、チラチラと私を見ています。私の方に興味がある。と、言うよりは、私の素性を疑っていると推察できる反応です。

「その件なら、警察にも散々話した。彼がフィールドワークに出発する前日。講義のあとに、わたしに出雲……島根県に行くと言ったくらいしか心当たりはない」

「そう、ですか」

嘘ですね。

お兄さんの研究ノートに、出雲に関する記述はありません。つまり、ジパングの黄金と出雲は無関係。もしくは、重要ではないのです。

ならばここは、私に助けを求めるように縋った視線を向けている飛鳥に便乗して、こちらから仕掛けてみましょう。

「飛鳥。やはりお兄さんの研究ノートに従いましょう。藤邑教授の証言で、お兄さんが出雲へ向かったと確信が持てました」

「ちょ、ちょっと待ってくれ。研究ノート？　三船君の？　そんな物が、残っていたのか？」

「はい。失踪宣告の申し立てに先立って飛鳥がお兄さんの部屋を整理した際に、発見されたそうです」

「そのノートには、何が書かれていたのかな？」

乗ってきましたね。化けの皮がはがれるとは、正にこのことでしょう。

藤邑教授がお兄さんの失踪に関わり、実際に何かしたのかまではわかりませんが、驚きながらも平静を必死に装おうとしている様子から考えるに、ノートの内容よりも存在自体に興味があるように思えます。思えますが、私はEQが低いので自分の予想が当てにできないのが辛いところ。ですが、私が脳内に建設中のリリー図書館（仮）には、心理学や話術に関する書籍もあります。それらを駆使すれば、確信は持てずとも、会話と感情の誘導は可能なはずです。

「お兄さんの研究ノートは正にメモ書きで、内容も時系列もページごとにバラバラ。しかも、お世辞にも字が上手ではないので、解読に手間がかかっています。ですが、出雲に関する記述はありました」

「そのノートは、今どこに？」

「曜子さん宅に置かせてもらっている飛鳥のキャリーケースの中にありますが、それが何か？」

「い、いや、そんな物があるとは知らなかったから、少し気になっただけだ。変な事を言ってしまったね」

「いえいえ、お気になさらず」

我ながら棒読みで、演技だと丸わかりな口調だと呆れてしまいます。私も藤邑教授に負けず劣らずの大根役者ですが、曜子さんはそうではありません。

馬鹿正直に「え？　持ってきてないよ？」と、言おうとしたと思われる飛鳥の口を塞ぎ、私の一挙手一投足に注目している藤邑教授の死角へと移動してくれています。

「気になると言えば、私にも少々気になっていることがあります」

「なんだね？」

「飛鳥のお兄さんは、どうして出雲へ向かったのでしょう。出雲は日本神話において重要な土地ですが、ジパングの黄金伝説とは無縁と言っても過言ではないですよね？」

「君は若く、しかも留学生なのに博学だね。歴史に興味があって日本に？」

藤邑教授はお兄さんの研究内容に触れてほしくないのか、明らかに私の言葉尻を利用して話を脱線させようとしています。

さて、どう攻めるべきでしょうか。

相手は大根役者とはいえ私の倍以上の年月を生き、東京大学の教授まで上り詰めた人です。知能はともかく、人生経験は私をはるかに上回るはず。相手もきっと、そう思っている……いえ、私があの父の娘だと疑ってはいても、子供だからと侮っている可能性が高い。上手く話を逸らせたと安堵させれば、ポロっと重要な情報を零すかもしれません。

ならばここは、教授の思惑に乗るのが最も効率が良いですね。

「藤邑教授は、日本の歴史を研究しているとお聞きしました。ならば当然、橘氏のことは、ご存じですよね？」

「もちろんだ。橘氏は、飛鳥時代末期に県犬養三千代や葛城王、佐為王を祖として興った皇別氏族だ。姓の代表的なものの一つとして源氏、平氏、藤原氏とともに、源平藤橘と総称されている。権力や財力の有無を無視すれば、傍流でもれっきとした名家だろう。橘は、母方の姓かな？」

「いいえ、父です。父は日本の旧家の出らしく、母と知り合ってほどなく、駆け落ち同然で英国へ渡ったと聞いています」

前半は嘘ですけどね。ですが橘が母ではなく父の姓だと偽ったことで、私が英国で奇人として知られるシャーウッド教授の娘ではないと誤解して、藤邑教授はさらに安心したはずです。

「私のルーツかもしれない橘氏が生きていた当時の日本の中心はたしか、奈良……でしたか」

「君は本当に博識だな。その通り、当時の首都とされる藤原京は、飛鳥京の西北部から奈良県橿原市と明日香村にかかる地域にあった飛鳥時代の都城で、天武天皇の計画により日本史上で初めて唐風の条坊制が用いられた都だ。平城京に遷都されるまでの間、日本の首都とされていたから、中心と言っても言い過ぎではないだろう」

　これまでの会話で、何故か「飛鳥」という言葉が多く出てきた気がします。

　母が橘氏の末裔かどうかは知ったことではありませんが、私の姓の一つが「橘」で「飛鳥」に縁があり、そんな私を頼ってきた彼女の名が飛鳥。これは、偶然なのでしょうか。

　それとも、キリスト教を国教とする英国人でありながら、毛ほども信じていない神の見えざる手によって引き合わされたのでしょうか。

　などと、運命めいた出会いに動揺している場合ではありません。

「奈良……近畿地方と言えば、大阪には大仙陵古墳がありますよね？　未だに内部の調査が進んでいないと聞きかじりましたが、どうしてですか？」

「進んでいないと言うより、あの遺跡は文化財保護法の適用外とされているせいで、調査が出来ないと言ったほうが正しい」

「太平洋戦争後、ＧＨＱによって『調査はするな』と、命じられたからではなく？」

「君は、都市伝説や陰謀論のたぐいにも興味があるようだね」

「昭和二十年八月十五日の無条件降伏から一か月後の九月末。紀伊半島から上陸したアメリカの占領軍の一部隊が大仙陵古墳に向かい、二週間に亘って発掘していますよね？　発掘作業後に、内部の調査を禁じたのではありませんでしたか？」

「もっともらしい事を言っているが、それは歴史的な事実として、どこかに記されているのかな？　わたしも似たような話は耳にしたことがあるが、どれもこれも根拠のない与太話だった。それで、次は何だね？　まさか、過去の為政者のように天皇を政治利用するために、仁徳天皇の墓としていた方が好都合。だから、不都合な事実が出てきかねない調査を、宮内庁が禁じている。とでも、言うつもりかね？」

「それは陰謀論ではなく、歴史的な事実では？」

古墳群の内、天皇陵とされたものは古代からそのように伝えられてきたわけではなく、江戸末期から明治にかけて幕府や政府が、万世一系として天皇を政治利用するために捏造したものです。

杜撰と言うか間抜けな話ですが、古代から中世までの天皇陵がどこにあるのか、江戸時代になると全く分からなくなっていたのです。

さらに、古墳に被葬者名が残されていなかったこともそれを手伝い、確たる証拠もなしに、神武天皇から続く万世一系の天皇の墓とみなす陵墓整備が江戸時代から始まり、後の明治政府に受け継がれて進められました。

その結果、天皇家の墓とされる陵墓は尊崇の対象であるとし、宮内庁は静安と尊厳の保持がもっとも重要だと謳って、学術調査を含む立ち入りを厳しく規制しているのです。

まあ、そんなものは、ただの建前だと想像がつきます。

要は教授が言った通り、仁徳天皇陵や応神天皇陵などに指定された根拠が崩れることを恐れ、保身のために禁止しているだけなのです。

「藤邑教授の研究テーマは、日本の失われた四世紀とお聞きしました。ならば、古墳時代が主な研究対象のはずです。五世紀前半から半ばに築造されたものと考えられている大仙陵古墳の調査は、教授の研究を大いに進める切っ掛けになると思うのですが、国の言いなりになって研究を諦めるのですか？」

「君はわたしに、盗掘屋にでもなれと言っているのかな？　それともインディ・ジョーンズのように、ナチスを相手に大立ち回りをしろと？」

「この場合は、ナチスではなく宮内庁ですね」

軽く肩をすくめ、ジョークめかしてそう言うと、教授は、話は終わりだとばかりに曜子さんと一言二言挨拶を交わして、書架の奥へと消えました。

7

「明らかに、嘘をついていましたね。曜子さんはどう思いました？」

「リリーちゃんと同意見よ。藤邑教授は、何かを隠してる」

藤邑教授との面会後、私たちは中央食堂のテーブル席の一つを陣取って、次に会う予定の人を待っています。

私としては、藤邑教授との会話で目的地は完全に絞り込めましたので、お兄さんの同窓生と会う必要性は感じません。本音を言って良いのなら、このままここで昼食を済ませて、東京駅へ向かいたいです。

「が、そういうわけにも、いきませんよね」

こちらは招いた側。言わばホストです。

三人とも女なので正確にはホステスですが、そこは中学、高校と英語を習っても話せない人が大多数な日本人が相手。言及されることはないでしょう。しかも、曜子さんが呼んだ三名は全員、男性です。

私はともかく、男性であれば誰もがすれ違いざまに振り向くレベルの容姿を持つ飛鳥と曜子さんがいるのですから、それだけで下半身に思考を支配されている男性にとってはパーティと同義なはず。有頂天になった彼らから、予想外の情報が得られる可能性もあります。と、「ねえ、曜子さん。赤門ラーメン、食べても良い？」などと、お兄さんの行方よりも食欲を優先しようとしている対面の飛鳥を軽蔑しながら考えていると、入り口から、明らかに学生と呼べる年齢ではない三人組が入ってきました。

「ん？　リリーちゃん、どこに行くの？　もうすぐ、お兄ちゃんの友達が来るよ？」

「お手洗いにこもっていますので、終わったら呼んでください」

「戻るまで待つよ？」

「いえ、待たなくても結構です」

飛鳥は本当に、察しが悪いですね。

私が男性恐怖症に近い症状を抱えていることは、知っていますよね？　そんな私が、見るからにキャラが濃いあの三人組と対峙して、平静でいられるわけがないじゃないですか。

「アレが、日本のＯＴＡＫＵですか」

一人は、初夏とはいえ涼しいのに大量の汗をかき、常に「ブヒブヒ」と鳴いていいそうな100kgは超えていると見た目で確信できる巨漢。もう一人は、それと対を成すような猫背の高身長で痩身の男性。その二人に挟まれているのは、服装のセンスは壊滅的ですが、容姿自体は並でした。三人に共通しているのは、メガネをかけていることと、似たような形状のバックパックを背負っていることくらいです。

「では、曜子さん。あとはお願いします」

「ちょ、ちょっと！　リリーちゃん！」

私は追いすがろうとした飛鳥を無視して、震えそうになっている身体を叱咤してトイレの個室へ避難しました。

おそらくあの三人は、日本の女性からも敬遠されるタイプ。気持ち悪いとまでは思いませんでしたが、お近づきにはなりたくありません。特に、あの巨漢とは。

「大丈夫。落ち着きなさい、私。あの人はアイツとは違う。アイツじゃない。だから、大丈夫」

あの巨漢を見た途端、幼い頃の記憶……いえ、恐怖が呼び覚まされました。

私を男性恐怖症へと追い込んだ元凶。私が他者との関わりを避けるようになった原因。

太っていること以外共通点はありませんでしたが、それだけで、あの場から逃げ出すのに十分な異常を、私に引き起こしました。

「It's okay, it's okay. I'm not the same as I was then. I could get rid of him now, both physically and socially. So, okay.」

蓋を閉じた便座の上で体育座りをした私は、膝に顔をうずめたまま、大丈夫だと何度も自分に言い聞かせました。それでも、震えは治まりません。いえ、むしろ酷くなりました。

個室、しかも女性専用の個室に隠れれば平気だと安易に考え、そうしたことで、恐怖が蛇のように無数に足元から這い上がってきたのです。

「こ、ここにいたら……」

逃げ場がない。

女子トイレと言う、普通の男性ならけっして入ってこない場所にいれば安心だと思い込んだ末に、そんなことを気にもしない者からすれば何の障害でもない檻へと自らを追い込んでしまった事実が、私を絶望させました。

「Help, mom. Help, Dad. I can't do it anymore. I don't want to be here. I want to go home. Help, help, help, help.....」

無様で嘆かわしい呟きが長い時間、私の鼓膜を震わせました。

それが自分の口から出たものだと頭で理解していても、止めることはできません。止めてしまったら、私は恥も外聞もなくもっと醜く、泣きわめいてしまうでしょう。

「What?　Who's knocking on the door?　No way, is he?」

自分の呟きに、いつの頃からかノックの音が混ざっていることに、ふと気づきました。ノックの音は、時間が経つにつれて速く、激しくなっています。

「No, I hate it! Don't come, go somewhere!」

アイツが来た。

そう思った私はドアを押さえ、力の限り叫びました。

ですがそれは杞憂だったと、荒くなった自分の呼吸と動悸を遮るように割り込んできた声に気づかされました。

「リリーちゃん。ボクだよ。飛鳥だよ。大丈夫だから、ここを開けてくれないかな?」

ノックの激しさとは対照的に飛鳥の声は静かで温かく、私を安心させるものでした。

普段の私なら、飛鳥の声で安心したことを屈辱に感じ、八つ当たりをしていたかもしれません。ただし、普通の精神状態だったらです。

「Is it really Asuka?　It's not him, is it?　Really, Asuka, right?」

「あ、あ～……えっと。ごめん、ボク、英語はわかんないから、できれば日本語でもう一度お願いできる？」

「本当に、飛鳥ですか？　アイツじゃありませんよね？　本当に、飛鳥ですよね？」

「あ、うん。アイツってのが誰のことかはわかんないけど、本当にボクだよ。って言うか、口調や声音まで再現したってことは余裕ある？　心配するほどでもなかった？」

「い、いえ、そんなことはありません。出ますから、少し離れてもらえますか？」

「う、うん、わかった」

　恐る恐るドアを開けると、そこにはしきりに私とトイレの入り口を気にして妙にオドオドしている飛鳥が立っていました。

　そんな飛鳥に、私はおぼつかない足取りで歩み寄り、抱きかかえてくれと言わんばかりに体重を預けて、寄りかかりました。

「リリーちゃん、震えてる。何がそんなに、怖かったの？」

「べ、べつに何も、怖くなんてありません」

「でも、泣いてたじゃん」

「泣いてません。あれはその……あれですよ。花粉症です」

「花粉症の時期、過ぎてるけど？」

「だったら……ドライアイです。眼球が乾いてしまったから、涙が出たんです」

苦しい。非常に苦しい言い訳です。これ以上追及されてしまったら、私はきっと何に怖気づいたのか、どうしてそうなってしまったのかまで、すべて話してしまいかねません。

何とかしなければ。このままでは、飛鳥に私の弱みを握られてしまいます。

「飛鳥。リリーちゃんはいた？」

ですがその心配は、ため息交じりにトイレに入ってきた曜子さんの横槍のおかげで、再度杞憂に終わりました。終わりましたが、曜子さんが「あ、ごめん。邪魔した？」と、言いながら邪悪な笑みを浮かべたのを見て、新たな心配が生まれました。

もしやとは思っていましたが、どうやら曜子さんは、女同士の恋愛に興味があるようです。いえ、これだと少し、語弊がありますね。

正確には、女同士の恋愛を鑑賞するのが好きなのです。

その証拠の一つとして、曜子さんは今でも、飛鳥のお兄さんを愛しています。だからこそ、捜索にも全面的に協力してくれています。

きっとあのキモオタ三人衆……もとい、お兄さんのお友達たちからも有益な情報を聞き出してくれているでしょうから、このまま曜子さんが満足するまで鑑賞させてあげても良いのですが、私の羞恥心はそれを許してはくれません。

「飛鳥、離してください。もう、平気ですから」

「え？　でも、リリーちゃん、まだ震えて……」

「平気で……あっ！」

「リリーちゃん!?」

飛鳥を突き放した途端、私はその勢いのまま、前に倒れそうになりました。

足……いえ、腰から下に力が入らない。倒れるなどとはまったく考えていなかった私の両手は飛鳥を突き放したせいで完全に伸びきり、はたから見ると万歳でもしているかのように滑稽です。このままでは顔面から、トイレの床とキスすることになるでしょう。

ですが、そうはなりませんでした。

「えっと、今、何が……」

床とキスする寸前に両目を閉じてしまったので何がどうなったのかはわかりませんが、私は浮遊感を一瞬味わった後、飛鳥にPrincess Carry……日本語で言うところの、お姫様抱っこをされていました。

「大丈夫？　リリーちゃん」

「は、はい。大丈夫……です」

本当は、ぜんぜん大丈夫じゃありません。生まれて初めての状況に身体は硬直し、頭はパニック寸前です。

飛鳥はそんな私のことなど気にせず、お姫様抱っこを維持したまま歩きだしました。私はどこまで運ばれるのでしょう。トイレはとっくの昔に出ていますし、食堂も出て正門へと向かっています。

「あの、飛鳥。そろそろ……」

おろしてもらえないでしょうか。

連休中とはいえ、人通りはありますから視線が痛い。

ある人は珍獣でも見るかのように。またある人は微笑ましそうに。またまたある人は、スクープとでも言わんばかりにスマートフォンで、私たちを撮影しています。まあ、その筆頭は、前後左右から撮影しまくっている曜子さんなのですが。

「えっと、本当にもう……」

このまま、曜子さんの車が駐めてあるコインパ　　ングまで運ぶつもりなのでしょうか。

それは本当に勘弁していただきたい。

今はまだキャンパス内なので、人通りは知れていますが、門から一歩出ればキャンパス外。いくら部外者でも気軽に入れるとはいえ、キャンパス内とは比べるまでもなく人通りは多いです。

その只中を、いつもは無駄に表情豊かで馬鹿丸出しなのに、何故か今は石膏像のように顔が固まっている飛鳥にお姫様抱っこをされたまま通るなど拷問。いくら私でも、羞恥心でどうにかなってしまいます。

いえ、すでに、どうにかなっているのかもしれません。

私はどうしても、「おろして」と言えません。その気にさえなれば、私を抱えている関係で防御ができない飛鳥の顔を打つなり頭突きするなりして、おりることもできるでしょう。

それなのに私は、そうしようとしません。

「あらあら。二人とも初々しいわね。お姉さん、羨ましくなってきちゃった」

羨ましがっている暇があるなら、飛鳥をどうにかしてください。とも言えないまま、私は飛鳥に車まで運ばれました。

8

英国では、日本食は大人気です。例を挙げるならお寿司、ラーメン、天ぷら、おでん、焼き鳥、お好み焼き、もんじゃ焼き、日本風のカレーなども人気で、場所は限られますが、和菓子を提供しているお店もあります。

ああ、そうそう。ラーメンが純粋な日本食ではなく、元は中国料理の拉麺を日本人が魔改造した物だと母から教わった時は驚きました。

「リリーちゃんは、生魚は平気なの？」

「はい。母がお刺身好きで、たまにですが、家で捌いて夕食に出していたので食べ慣れていいます。父は抵抗があったらしく、どうしても食べられなかったそうですが」

私は今、お寿司屋さんに来ています。しかも回るお寿司屋さんではなく、曜子さんがお得意さんでもある回らないお寿司屋さんです。

「あ、あの、曜子姉さん。さすがにここ、ボクの財布の中身じゃ……」

「心配しなくても、ここはわたしが出すわ。だから遠慮せずに、好きな物を好きなだけ頼みなさい」

さすがは弁護士。ボロい……もとい。風情と赴きある家に住んでいるので、日本の弁護士は儲からないのだと邪推してしまいましたが、高そうな服に身を包んだ男性たちと、その連れだと思われる華美な服装の女性たちが来るようなお店でも、「好きな物を好きなだけ食え」と言えるだけの財力はあるのだとわかりました。

「曜子さん。こういうお店では、オーダーにセオリーがあると聞いたことがあるのですが、どうすれば良いのですか？」

「基本的に、大将に任せておけば大丈夫よ。あなたたち二人はオーダーコースにしてもらっているから、何も言わなくてもタイミングを見て大将が出してくれるわ。一通り終わって食べ足りなければ、追加で食べたいネタを注文すればＯＫよ。あ、お酒は駄目よ？　二人はまだ未成年だから、お酒はわたしだけ」

「心得ています」

お酒など、飲みたいと思いません。両親はともにお酒好きで、母はお酒に強く、所謂ウワバミ、ザルなどと呼ばれるような酒豪でしたが、父はその真逆で弱かったので、二人の間に生まれた私がどちら寄りなのか、飲んだことがない現状は判断がつきません。

もし仮に、私の酒癖が父寄りだったら、二人に不快な思いをさせてしまうかもしれません。

「ねえ、曜子姉さん。これって海老？　なんか、色が紫なんだけど……」

「シャコね。美味しいわよ」

「海老みたいなもん？」

〝リリー図書館〟にある生物学の書籍によると、二つは生物学的には別種です。エビとシャコはぱっと見は似ていて、甲殻類と言う括りでは同じですが、エビは十脚目でシャコは口脚目。強引に言えば人間と犬くらい違います。エビはむしろ、シャコよりもカニの方が近縁ですね。

「飛鳥って、エビは苦手だっけ？」

「う、うん。エビとかカニは、その、見た目が無理で……。エビフライとかなら、平気なんだけど」

「もしかして、虫にしか見えないとか？」

「ま、まあ、そんな感じ」

「気持ちはわからなくもないけど……。あら？　でも飛鳥って、ホヤは平気だったわよね？」

「平気って言うか、大好物だよ。ほら、ボクのお爺ちゃんって石巻に住んでるでしょ？　冷蔵庫を開ければホヤが入ってるから、ボクにとっては天国だよ」

「ホヤが平気なら、シャコなんて余裕よ。騙されたと思って、食べてみなさい」

「う、うん……」

飛鳥は恐る恐る、シャコの握りを口元へと運びました。私はと言いますと、「さっさと食え。じゃないと、次が出てこないでしょう」と、思いながら横目で見ています。シェフ……大将も、鋭い眼差しで眺めています。

そして意を決した飛鳥が口に含み、咀嚼し、飲み込んでから「あ、思ってたよりあっさりしてて美味しい……」と零すと、大将は嬉しそうに微笑んで次のネタを握り始めました。それを眺めていた私に、曜子さんは自分用に注文した出汁巻き卵を「一つ、どう？」と、言うかのようにお皿ごと差し出しました。

「リリーちゃんは、食べ物の好き嫌いはないの？」

「ありません。と、言うより、食べられるものなら何でも食べます」

それを一つ頂いて取り皿に移すと、曜子さんの会話の相手も私へと変わりました。

「へぇ、偉いじゃない。それは、ご両親の躾の賜物？」

「躾と言って良いのかどうかわかりませんが、幼い頃から父のフィールドワークに同行していたせいだと思います」

「ふぅん、そうなん……だ？」

「どうしました？　私、変な事を言いましたか？」

「いや、ちょっと気になることがあって……。リリーちゃんのお父さんって、考古学者だって言ってたわよね？」

「ええ、そうです。それが、何か？」

「フィールドワーク先ではもちろん、ちゃんとホテルとかで寝泊まりしていたのよね？」

「いえ、基本的にキャンプ……日本語だと、野宿でしたか」

「じゃ、じゃあ、食べられるものなら何でもって、言葉通り何でも食べてたってこと？」

「はい。山やジャングルの時は、毒にさえ気をつければ野草なりキノコなり虫なり、色々とありますので食うには困りませんでしたが、砂漠の時は難儀しましたね。さすがに、砂や石は食べられませんので……って、どうかしましたか？」

　表情は十人十色ですが、曜子さんどころか飛鳥や他のお客さん、大将まで、私に注目しています。表情から推察するしかありませんが、圧倒的に多いのは嫌悪。次いで恐怖。飛鳥と曜子さんは驚いていて、大将は哀れんでいるかのように目を細めています。

どうやら私は、言葉のチョイスを間違えてしまったようです。

「申し訳ありません。ここでするような話では、ありませんでした」

「話を振ったのは私だから、気にしないで」

「曜子さんが、そう言うなら……ん？　これは？」

出汁巻き卵を食べて、会話に一区切りつけようと手元に視線を落とすと、そこにはいつの間にか、お寿司が五貫も並べてありました。

右から順にクルマエビ、鯛、ブリ、中トロ、大トロと並んでいます。

このお店は、お客の食べる速さに応じて大将がタイミングを見計らって次々と提供するスタイルだと、曜子さんから聞かされています。それなのに、私の目の前にはお寿司が五貫並べられ、言葉通りのオマケとばかりに大将の手によって、茶碗蒸しまで置かれました。それの意味がわからない私が大将を見上げると……。

「お客さんは、外国の方でしょう？　それは、当店からのサービスです」

と言って、背を向けてしまいました。

しきりに目元を拭っている様子を見るに、どうやら私は、食うに困って野草や虫を食べていたと誤解されたようです。おそらく、大将は他のお客さんの相手もしていましたから、その部分だけ聞いてしまって同情したのでしょう。

「あ、これが、棚から牡丹餅と言う奴ですか？」

「間違ってないけど、そこはwin-win って言うべきじゃないかって、お姉さんは思っちゃうな」

「win-win ？」

たしか、相互に利益を得るという意味で使われるビジネス用語でしたか。なるほど、言い得て妙とはこのこと。

傍から見れば、「いいなぁ……」と言いながら羨ましそうな視線を私のお寿司へ注いでいる飛鳥を見ればわかるように、得をしたのは私だけ。お店……大将は、同情したせいで損をしたように映るでしょう。

損得勘定だけで考えればその通りですが、実際は大将も得をしています。

なぜなら同情からの施しで恍惚し、喜び、曲解した境遇から少しでも私を救えたと思い込んで、心の平穏を取り戻したはずですから。

「と、ロジカルに考えてしまう私は、やはり人として欠陥がありますね」

「……そんなことないわよ。この情報化社会で、善と偽善の区別が本当の意味でつく人なんて、きっと存在しないわ」

　こぼれてしまった独り言から、私が何をどう考えていたのか察してくれる曜子さんとの会話は、本当に楽です。楽ですし、安心しますが、何故か面白くありません。

　今も、私にしては珍しく笑い合いながら（私基準なので、他人には無表情にしか見えないでしょうが）会話を続けているのに、少しも面白くない。楽しくないですし、愉快でもないのです。

　いえ、違いますね。満たされない。満足できない。私は曜子さんとの会話で、満足感を得られません。曜子さんほど話が合う人は初めてなのに、どうして私は……。

「飛鳥。そんなに物欲しそうな視線を向けられると、食べにくいです」

「あ、ごめん。美味しそうだから、つい……」

「美味しそうというより、美味しいでしょうね、間違いなく。どれか一つ、食べますか？」

「え？　良いの!?」

「かまいませんが、まずは目の前のお寿司を食べるべきだと思います。ほら、大将が次を握れなくて困っていますよ」

「あ、本当だ」

飛鳥に意地悪をする方が、楽しいのでしょうか。心が安らぐのでしょうか。私の言動で飛鳥が一喜一憂し、無様な姿を晒すのを見ている方が、どうして満足できるのでしょうか。

もしかして、私は……。

「あ、そう言えばリリーちゃん。お兄ちゃんの友達から聞いた話、どう思った？」

「え？　あ、え～っと……」

危ない、危ない。飛鳥が話題を変えてくれなければ、危うく自分が同性愛者なのではないかと疑念を抱くところでした。

「悪い意味で、予想通りでした」

東大からここまでの道すがら、曜子さんがボイスレコーダーで録音しておいてくれた会話を聞きましたが、あの三人も曜子さんと同じく土産話を聞かされていた程度だったので、有益な情報は得られませんでした。しいて益があったとするなら、あの三人から新たにお兄さんのご友人を紹介してもらったことくらいですね。

「三足浬烏《みつあしりお》さん、でしたか。曜子さんは、その人をご存じなのですか？」

「それが、知らないのよ。以前、弥生君から頼りになる先輩がいるって聞いたことはあるんだけど、その人がそうなのかもわからないし……。飛鳥に、心当たりはないの？」

「う～ん……。ボクも、聞き覚えはないなぁ。あ、でも、その人かもしれない人なら先週、家に来たよ」

「仙台の？」

「うん。お兄ちゃんに貸してた研究資料を、回収しにきたんだって」

「研究資料の回収？　飛鳥、その人が回収しにきた資料は、どんな物だったのですか？」

「いやぁ、それが、一緒にお兄ちゃんの部屋を整理しながら探したんだけど、見つからなかったんだ。見つかったのは、お兄ちゃんの研究ノートだけ」

「ん？　ちょっと待ってください。お兄さんの部屋を整理した日に、その人もいたのですか？」

「うん、そうだよ。それが、どうかした？」

「どうもこうも……」

その人、怪しすぎます。

お兄さんが失踪してから七年近く過ぎ、ご両親が失踪宣告の申し立てを考慮し始めたのを見計らったかのようなタイミングで三船家を訪れて、その日に存在すら知られていなかったお兄さんの研究ノートが発見された。ここまででも、都合が良すぎます。さらに、飛鳥が通う学校にはそれを解読できそうな人物が都合よく留学していました。

そう、私です。

「ご都合主義にも、ほどがありますね。まるで、踊らされているような気さえします。曜子さんはどう思いますか？」

「わたしも同意見よ。どうする？　一応この後、三足さんと会う約束はしてるけど」

「会いましょう。今の時点では三船家に来た人と、その人が同一人物なのか判断がつきませんから」

私の勘は、同一人物だと言っていますけどね。

まあ、それは、お寿司を頬張って舌鼓を再開した飛鳥が実際に会っていますから、確かめられるはず。はずですが……。

「飛鳥は、その人のことを憶えているのでしょうか」

「飛鳥は馬鹿だけど、先週会った人の顔くらいは、さすがに憶えてると思うわよ。たぶん」

「たぶん、ですか」

途端に、不安になってしまいました。

9

新宿歌舞伎町と言えば、東京でも一、二を争う歓楽街。多種多様な娯楽が所狭しと詰め込まれ、老若男女問わず大量の人間が、歪に輝く夜闇を闊歩しています。

その一角にある曜子さん行き付けのＢＡＲで、私たちは件の三足浬烏さんが来るのを待っています。

「ねえ、曜子姉さん。ここって、未成年が入って良いの？」

「入るだけなら、合法よ」

「でも店の入り口に、十八歳未満は入店お断りって書いてあったよ？」

「それはあくまで、この店が謳ってるだけ。あまり知られていないけど、この手の飲食店が十八歳未満お断りと謳っているのは、アルコールを提供する可能性がある場合や、その他の法的な規制に基づいているからなの。ほら、飲酒は二十歳からでしょ？要は、「うちではガキに酒は出さないから入るだけ無駄だぞ」って、遠回しに言ってるのよ。さらに付け加えるなら、店側が明らかに未成年だとわかる客を入店拒否するのも合法よ」

「ボクたち、普通に入って座ってるけど？」

「マスターにお願いしたから大丈夫。ここのマスター、わたしには借りがあるから」

「借り？　どんな？」

「とある件で裁判沙汰になった時に、勝訴にしてあげただけよ。まあ、実際は真っ黒で、檻にぶち込まれても文句が言えないような悪さをしてたんだけどね」

「曜子姉さん。それって……」

「わたしは弁護士倫理に則っただけよ。違法な事は何一つしていないわ」

疑わしいですね。

曜子さんは善意でそうしたとは考えられないくらい、邪悪な笑みを浮べています。

聞いたところで本音は教えてくれないでしょうから想像するしかありませんが、私たちが座るテーブル席から望めるカウンターの内側で、素知らぬ顔をしてグラスを磨いているバーテンダーは何かしらの違法行為をして訴えられ、その弁護を曜子さんに依頼した結果、裁判には勝った。ここまでは良いです。

ですがそのせいで、弱みを握られてしまいました。

曜子さんは今日のような密会じみたことをする際に利用するために、バーテンダーに貸しを作ったのではないでしょうか。と、想像を膨らませていたら、店のドアが開いて「カラン、カラン」と、ベルが鳴りました。

私たちが入店した際に、曜子さんは「わたしたちが帰るまで、貸し切りにして」と要請し、バーテンダーは渋い顔をしながらもそれに応えて「本日、貸し切り」と書かれた紙をドアへ張りましたので、それでも入ってくる人は私たちの待ち人。三足浬烏さんだけです。

「この人が、飛鳥のお兄さんの先輩？　本当ですか？」

「ちょっと、リリーちゃん。それ、どういう意味？　イケメンだから？　チャラい恰好したイケメンだから？　それとも、リア充で女遊びばっかりしてそうなスケコマシっぽいから？」

「スラングが多くていまいち意味がわかりませんが、たぶん全部です。だって昼に会ったお兄さんのお友達は、揃いも揃ってオタク丸出しの醜男ばかりだったじゃないですか」

それなのに、彼は違います。

面倒くさそうな顔で私と飛鳥を一瞥したMr.三足は、「俺を呼びだしたのはアンタか？」と、鋭い視線を曜子さんへ向けながら言いました。

まあ、私はもちろんのこと、大人びているとはいえ飛鳥も未成年だと見た目で判断できますから、唯一の大人の女性である曜子さんに呼び出されたと判断するのは当然でしょう。

曜子さんもそれを察したらしく、隣の椅子を引いて彼を座らせたことで、暗にそう言う体で話を進めると私に伝えてくれました。

「それより、飛鳥。彼は、あなたが先週会った人と同じ人ですか？」

「うん、この人。服装も髪型もぜんぜんちがうけど、間違いないよ」

Mr.三足を曜子さんが会話で引き付けている隙に、小声で飛鳥に確認しました。

飛鳥の記憶を全面的に信用している訳ではありませんが、とりあえずはこの人が、この件の仕掛け人と考えて良さそうで……。

「あれ？」

「どうかした？」

「いえ、なんでもありません」

つい、誤魔化してしまいましたが、おかしいです。飛鳥とMr.三足は顔見知りのはず。

実際、飛鳥は覚えていました。それなのに彼の方は、飛鳥に気付いている様子がありません。もしかして、メイクのせいでしょうか。

彼が訪ねてきた日はお兄さんの部屋の整理をしていたそうですから、飛鳥はノーメイクだった可能性が大。私はスキンケアくらいしかしていませんが、女性はメイク次第で別人のようになりますから、男性なら気づかなくても不思議はないのかもしれません。

「で？　俺に何を聞きたいんだ？　あの三馬鹿から弥生のことを嗅ぎまわってるとは聞いたが、役に立ちそうなことは七年前に全部、警察に話したぞ。って言うか、お前は誰だ？　どうして、弥生のことを調べている？」

「恋人よ。彼のご両親から、失踪宣言の申し立てをするって聞いてね」

「最後の悪あがき。って、感じか？」

「そう受け取ってもらって、かまわないわ」

さすがは曜子さん。

Mr.三足が飛鳥に気付いていないことを察して、会話で飛鳥を透明人間にしてしまいました。これで、飛鳥はただの付き添い。Mr.三足は飛鳥を、お兄さんの身内とは思わないでしょう。

「でも、ただの悪あがきじゃない。ご家族から、彼の研究ノートを預かってるの。それを解読できれば、彼が最後に向かった場所がわかるかもしれない」

「弥生の研究ノート……だと？」

研究ノートの存在を知って、Mr.三足の表情が変わりました。

それまでの、「面倒くさいからさっさと帰らせろ」と言わんばかりのものではなく、何かを警戒しているようなものに。まるで今、研究ノートの存在を知ったかのように。

あれは、演技なのでしょうか。私の予想では、研究ノートを飛鳥に見つけさせる形で届けたのは彼です。飛鳥を通して私に研究ノートを解読させ、財宝の在処まで案内させるためだと思っていました。

「普通に考えれば、そんなこと有り得ませんよね」

私は英国の大学を飛び級で卒業していますが、日本ではまったくの無名。祖国ですら、限られた人しか私を知りません。

そんな私が飛鳥の通う高校に留学しているなど、彼には知る術がないはず。

つまり、私の予想はただの妄想、邪推の類。研究ノートはお兄さんの部屋を整理した際に飛鳥が本当に偶然発見し、私に解読と捜索の手伝いを頼んだだけで、Mr.三足はこの件とは無関係。三船家に研究資料を返してくれと押しかけたのも、本当にそれが目的だったのでしょう。

ご都合主義など、なかったのです。と、思いなおすほど、私は素直ではありません。

まだ、彼が研究ノートを手にするために三船家を訪れた可能性が残っています。それを確かめたいのですが、その前に済ませておかなければならないことがあります。

「リリーちゃん、どこ行くの？」

「ここは薄暗くて気分が滅入るので、外で時間を潰してきます」

「え、ちょっと待ってよ！　リリーちゃん、東京は初めてでしょ？　一人じゃ迷子になるよ！」

「だったら、あなたも一緒に来てください」

案の定、飛鳥もついてきましたね。

Mr.三足が研究ノートを欲していると仮定した場合、飛鳥に気付いていないこの状況は利用すべきです。そうすれば、飛鳥の証言と矛盾することをポロっと話すかもしれません。曜子さんなら、この状況を最大限に利用して必要な情報を聞き出してくれるでしょう。

それを邪魔しかねない存在が、他ならぬ飛鳥。考えていることがすぐ顔に出る飛鳥は、邪魔なのです。

「いいのかなぁ」

店から出るなり、夜なのに昼間のように明るい街の灯りに目を眩ませた私に、飛鳥は疑問を零しました。私に言わせれば良いも悪いもないのですが、そう言っても飛鳥は納得しないでしょう。ならば、面倒くさいですが言いくるめて納得させるとしましょう。

「何がですか？　曜子さんに、頼りきりなことですか？」

「他に、何かある？」

「これが最も効率が良いのですから、仕方がないではないですか」

「でも……」

「曜子さんは、私たちよりも弁が立ちます。さらに言うなら、Mr.三足からすれば私たちは部外者。私たちがあの場に居たら、警戒されて曜子さんでも有益な情報を引き出せないかもしれません」

「だから、嘘をついてまで店を出たの？」

「そう思ってもらって、かまいません」

邪魔だったのは飛鳥だけですが、私も同じだと暗に言ったことで一応は納得してくれたみたいです。察しが良くても思考パターンが単純な飛鳥の扱いにも、だいぶ慣れてきた気がします。

おそらくこれが、馬鹿とハサミは使いよう。と、言う奴なのでしょう。

「では、そういうことなので、曜子さんから連絡があるまで時間を潰しましょう。カフェにでも入りますか?」

「カフェって気分じゃないなぁ。あ、映画見る? ほら、目の前は映画館だし」

「映画館? あの、ゴジラがいるビルですか?」

「うん。って言うかリリーちゃん、ゴジラを知ってるの?」

「名前くらいは知っています。ハリウッドのモンスターパニックムービーに出てくるモンスターですよね?」

「ゴジラの本場は日本だよ。で、どうする?」

「さすがに、映画を見るほどの時間はないと思いま……あ、すみません。よそ見をしていました」

飛鳥を見上げながら話していたせいで、すれ違った人にぶつかってしまいました。

反射的に謝罪はしましたが、見るからに反社会的な服装と風貌をした相手はそれで許すつもりはないらしく「あぁん?」と、テンプレートな鳴き声を発して威嚇しています。

「おいおい、酷いお嬢ちゃんだな。これ、折れちまったんじゃねぇか?」

「ああ、折れたな。ポッキリ折れちまったよ」

「お嬢ちゃん、この落とし前、どうつけてくれるんだ？」

しかも、呼んでもないのに仲間が二人あらわれました。

こんなに人目が多い場所で、見た目で、英国で言うところのｃｈａｖ、もしくはｙｏｂ。日本語だと……チンピラでしたか。と、わかる三人組に因縁をつけられるシチュエーションなど、いまどき漫画でもありません。

そもそも、私は同年代の女子と比べても体重が軽く、父の趣味に付き合っていた弊害で体力だけはありますが、基本的に運動は苦手ですから普段は必要最低限しか体を動かさないので華奢です。そんな私とぶつかって、骨が折れるわけがありません。

事実、私よりも体が大きい自称被害者とぶつかったのに、私は打ち身すら負っていません。

故に、三人組が言っているのは完全に言いがかり、いちゃもんです。

「リリーちゃん。さがってて」

ならば、この手の人にはわかりやすい抑止力である警察に何とかしてもらおうとスマートフォンをポケットから出そうとしたら、飛鳥が私と三人組の間に割って入りました。

私としては通報だけ済ませて、警察が到着するまで使い古されていそうな台詞を垂れ流している日本原産の珍獣たちを観察したかったのですが……。

「お？　なぁ、コイツ、良い女じゃね？」

「そうだなぁ。貧相なメスガキに相手をさせるより、こっちの方がよさそうじゃねぇか」

「え？　オレはあっちの方が……」

一人を除いてターゲットが飛鳥に移ってしまったので、もう無理そうですね。

でも、飛鳥はどうやってこの状況を打開するつもりなのでしょう。

私を連れて逃げるつもりでしょうか。無理ですね。私は足が遅いです。スローペースで長時間活動するのは得意ですが、ハイペースで動きまわるのは苦手です。私を抱えて逃げるなんて、もっと無理です。では、暴力で解決するつもりなのでしょうか。

これも無理ですね。相手は成人男性。しかも、三人とも飛鳥より身長が高く、体格も上回っています。仮に飛鳥が何かしらの格闘技を習っていたとしても、数とスペックで圧倒されて終わりだと思います。

つまり、詰んでいます。

野次馬の誰かが正義感を働かせて通報するなりして、それを聞いた警察が駆けつけてくれるのを期待するくらいしか、打開策がありません。

「ボクに相手してほしいの？　良いよ。相手、してあげる」

ですが飛鳥は、自らこの状況をどうにかするつもりのようです。

背中越しなので表情はわかりませんが、声からは余裕が感じられます。

「お、話が早いじゃねぇか。じゃあ、とりあえず場所を変えねぇか？　少し行ったところにホテルが……」

チンピラの一人が下卑た笑顔で飛鳥に右手を伸ばしながら言いましたが、言い切ることはできませんでした。

飛んだからです。触れもせず、チンピラの右手を導くかの如く優雅に右肩を滑り込ませるように飛鳥が背を向けると、チンピラは飛鳥の背に沿ってロケットの如く発射され、飛んだのです。

それはもう冗談かと疑うほど盛大に、目算で五メートルほど放物線を描いて飛んで、背中から落ちて気絶しました。

「お。おいおい、何やってんだよ」

「ギャ、ギャグにしちゃあ、笑えねぇぞ」

軽口を叩いていますが、突然の異常事態に残り二人の腰が軽く引けています。

それをチャンスと捉えたのか、飛鳥は一瞬で密着寸前の距離まで詰め寄って、右手の人差し指を二人目の額に軽く当てました。それだけで二人目は半回転して、胸部から地面に堕ちました。

あれは、苦しいでしょうね。胸部への急激で強い衝撃と圧迫、さらに顔もしこたまアスファルトに打ち付けていますので、激しい痛みと呼吸困難に苦しんでいるでしょう。

「君は、リリーちゃんにぶつかった人だよね？」

「ひぃ……」

飛鳥のせいで、さっきまでとは種類が違う異常事態になってしまいました。

残った……いえ、おそらくはわざと最後に残されたチンピラは、私ですら全く分からない奇妙な方法で倒された仲間の惨状を見て完全に腰を抜かして尻もちをつき、失禁までしています。

「そんなに怯えないでよ。ボク、何もしてないでしょ？」

「ひ、ひぁっ……！」

チンピラを覗き込むように身をかがめた飛鳥は、どんな顔をしているのでしょう。

私が知る飛鳥は、基本的に明るくて感情に応じた表情の変化が激しいですが、怒ったりはしません。ましてや、望まぬ死を目の当たりにし、それでも逃れられぬと悟ったように絶望した顔を相手にさせるような人ではありません。

あのチンピラは今、私が見たことがない飛鳥を目の当たりにしています。

「飛鳥。もう、良いでしょう。時間もそれなりに潰せましたから、店に戻りましょう」

潰せていたとしても、精々三十分程度。飛鳥が残ったチンピラをどうにかする時間を加味したらもう十分ほど潰せたかもしれませんが、私は待ったをかけました。

効率を考えるのなら、飛鳥がチンピラを痛めつけるのを観戦しつつ暇つぶしをするのが最適解。そうすればより長く、多く、曜子さんがMr.三足から情報を引き出す可能性が増します。

それなのに、私は止めました。止めるなり、飛鳥の顔は見ずにチンピラへと伸ばされかけていた左手を掴み、店へ戻るために歩き始めました。

「It's annoying. Hmm?　Annoying?　What am I upset about?」

「えっと、リリーちゃん。何度も言ったと思うけど、ボクは英語がわからないから……」

日本語でもう一度。と言いたいのでしょう？　とは返さずに、「ムカつく。ん？　ムカつく？　私は何に、ムカついているのでしょう」と言ったのだと、脳内で翻訳しました。

口に出してしまうと、この苛つきの正体がわかってしまうような気がして、怖くなったからです。

第三章　歩み寄っては、また離れ。

1

次の目的地までは、話し合いの末に曜子さんの車で移動することになりました。

曜子さんも一緒に行くと言い出したのが最大の理由ですが、荷物も積めますし、移動時間は伸びますが、費用が抑えられることも理由の一つとなり、曜子さんの同行と車での移動に同意しました。

今は……首都高を抜けて新東名高速道路に乗ったところですね。

「昨晩は、お楽しみでしたね」

「含みのある言い方ね。一応、弁明しておくけど、やましい事は一切してないわよ」

ゴジラの前で一悶着あったあと。店にも戻ると、曜子さんとMr.三足は意気投合したようで酒盛りに興じていました。それを目の当たりにした後は、「どうしてそうなった?」の一言につきます。

曜子さんは「わたしたち、もう何軒か寄って帰るから、あなたたちは電車で帰るなりラブホテルに泊まるなり、好きなようにしてちょうだい」とだけ言い残して、Mr.三足と一緒に夜の歌舞伎町の奥へ消えて行きました。

　ああ、もちろん私と飛鳥は夕飯こそ外食でしたが、ちゃんと電車に揺られて曜子さんの家に帰りました。その意趣返しと言うわけではありませんが、代わり映えのしない窓の外を見るのにも飽きたので、昨晩の出来事を話の種にすることにしたのです。

「リリーちゃん、信じてないでしょ」

「夜の繁華街に、お酒に酔った男女。これだけで、その後の展開は予想できます。それに加えて朝帰り。いえ、昼帰りだったのですから、邪推するなと言う方が無理です」

　女にも性欲はあります。七年近くも飛鳥のお兄さんの帰りを待ち続けている曜子さんでも、お酒に背中を押されるがままになって、ワンナイトラブで溜まりに溜まった欲求を発散しようと考えても不思議はないと思います。

　まあ、この件はこれ以上追及しないでおきましょう。

　今は、車の助手席に座る曜子さんの不貞を暴くよりも先に、明らかにしておかなければならない事象が現在進行形で行われていますから。

「飛鳥は、何歳でしたっけ？」

「十七だけど、それがどうかした？」

「どうもこうもありません。日本で自動車の運転免許が取れるのは、満十八歳以上ですよね？　どうして普通に、運転しているのですか？」

「どうしてって……。免許、持ってるからだよ」

「だから、それがありえないから追及しているのです」

通常、日本で自動車の運転免許証を取得できるのは、先ほど言った通り十八歳以上からです。飛鳥の年齢で取得できるのは、中型二輪以下の免許証です。

仮に海外、例えば、州によっては十四歳から運転免許の取得が可能なＵＳＡで取得したとするなら、「免許を持っている」と言った部分は嘘ではありません。

「飛鳥はたしか、アメリカで免許を取ったのよね？」

「うん。お母さんに強制されちゃって、仕方なく」

私の疑問に気付いたのか、曜子さんが答えを引き出してくれました。

ルームミラー越しに見える飛鳥の表情が暗いのが気にはなりますが、免許を本当に持っていることはわかったので一安心……と、なるわけがありません。

「そうだとしても、それを国際免許として日本で使用するには、日本の法定年齢と合致している必要があったはずです」

「そ、そうだっけ？」

「そのはずです。そのあたりは、法律のエキスパートである曜子さんの方が、詳しいはずですが……」

曜子さんは私の疑問の矛先が飛鳥に向いたのをこれ幸いと考えたのか、窓の外を見ながら、「飛鳥は堂々と運転するし違反もしないから、検問でもない限り警察に目をつけられる事はないわ。それに、仮に停められたとしても、英語で書かれてる飛鳥の免許を見せただけで警察は何も言えなくなるわよ。日本人って、英語がわからない人が大多数だから」と言って、会話から離脱してしまいました。

どこかから取り出したアイマスクを装着しましたので、あのまま眠るつもりですね。

「この、不良弁護士……」

「まあ、許してあげてよ。曜子姉さんがいたら、色々と心強いでしょ？」

「それは認めますが、法に携わる人が違法行為を黙認どころか推奨するなんて信じられません。捕まった場合のリスクを、考えていないのでしょうか」

「そこはちゃんと、考えてると思うよ。だから、ボクに運転させてるんだと思うし」

「運転をしなくてもいい以外に、何かメリットがあると？」

「メリット？　そうだなぁ……。例えば、東京からずっとつけてきてる後ろの車から逃げる時とか、かな。曜子姉さんじゃ無理だろうけど、ボクなら余裕で逃げ切れるし」

「後ろの車？　逃げる？」

言葉の意味がすぐには理解できませんでしたが、飛鳥が「直接じゃなくて、ミラー越しに見て」と言いながらルームミラーを動かして、私の位置からリアガラスの向こう側が見えるようにしてくれたことでようやく納得しました。

そこには、四十メートルほどの車間を空けて走る、真っ黒いランドクルーザーが映っています。

「あの車が、東京からずっと？」

「うん。車線を変えたり別の車列に割り込んでみたり色々してみたけど、あの距離をずっとキープしてる」

「仮に、あの車が私たちを追跡しているとして、この車で逃げられるのですか？」

「普通なら無理。この車って所謂コンパクトカーなんだけど、燃費と小回りが良いだけだから、さすがに高速じゃあ、ランクルが相手だと勝負になんないかな」

「では、逃げられないじゃないですか」

「高速道路上で、単純なスピード勝負なら、ね。下道でなら、むしろこっちが有利だよ」

「はあ、そうですか」

逆に言えば、高速道路を走っている限り、逃げられないのでは？　と、言う代わりに、追跡者の目的を考えてみましたが……。

「考えるまでもありませんね。目的は、研究ノートでしょう」

それ以外に、私たちが追いかけ回される理由に心当たりがありません。と、するのなら、追跡者は研究ノートの存在を知った時の反応を考えると、藤邑教授かMr.三足のどちらか。もしくは、どちらかに依頼された第三者です。

「曜子姉さん、起きて。リリーちゃんはシートベルトをしっかり締めて、身をかがめて両手で頭をガードしてて。ああ、そうそう。口も閉じててね。なるべく揺れないようにするつもりだけど、舌を噛んじゃう恐れがあるから」

「え？　それはどういう……」

「ごめん。説明してる暇はないんだ。今は、言う通りにして」

「あ、はい」

妙に緊迫感のある飛鳥の声に従って、私は言われた通りシートベルトを締め直し、両手で頭をガードして身をかがめました。もちろん、口もしっかり閉じています。

そんな私の前では、曜子さんが「来るの？　こんな場所で!?」と、軽く狼狽気味に叫び、それに飛鳥が、「あいつら、周りの車が途切れるのを待ってたんだと思う。仕掛けてくるなら、今しかないよ」と、冷静に返してます。

あれは、本当に飛鳥ですか？　私が知る飛鳥とは、まったくの別人です。

「やっぱり来た！」

「ちょ、ちょ、ちょ、ちょっ！　何考えてるのよアイツら！」

飛鳥と曜子さんがほぼ同時に叫ぶなり、急激な左へのGを感じました。

おそらく、飛鳥が大きく右にハンドルを切ったのでしょう。もし、飛鳥の言う通りにしていなければ、私は左のドアガラスに頭をしたたかぶつけていたと思います。

「飛鳥、逃げきれる？」

「余裕！　まさかお母さん仕込みのドラテクが、こんな所で役に立つなんて夢にも思ってなかったよ！」

お母さん仕込みのドラテクとは？　と、一瞬だけ疑問が頭をよぎりましたが、すぐに考える余裕がなくなりました。

車の動きに翻弄されている状況から想像するしかありませんが、飛鳥が体当たりしようとしているランドクルーザーを時に加速し、時に減速し、速度の増減とハンドルさばきで回避し続けているのでしょう。

不規則に唸るエンジン音と、アスファルトに食い込んで軋むタイヤの音だけが車内に響き続け、予想できない激しい揺れは私の三半規管に異常をもたらしました。

船でも飛行機でも、ヘリコプターに乗った時でさえ乗り物酔いにならなかった私が、車に酔ってしまったのです。

「き、気持ち悪……」

揺れと姿勢が原因で車酔いになってしまったせいで、思わず口を開いてしまいました。飛鳥の指示を思い出してすぐに閉じたので、幸いにも舌を噛むことはありませんでしたが、それを意識しすぎていたために踏ん張っていた足の力が一瞬抜け、助手席の背中に頭をぶつけてしまいました。

「曜子姉さん！　アイツら事故らせたら、ボクのせいになる⁉」

「今の時点で道交法違反と危険運転致死傷罪、オマケに暴行罪も成立してる！　事故ったとしても自業自得だし、ドラレコでちゃんと録画してるから証拠もバッチリ！　わたしが全力で弁護して１００％無罪にしてあげるから！　遠慮なくやっちゃいなさい！」

「オッケー！　じゃあ、やっちゃうよ！」

殺っちゃうよ。と、脳内で変換されたのですが、合っているでしょうか。と、薄れ始めた意識のはしで考えていると、大きな物が何かに衝突したような音が前の方から響き始め、左の鼓膜を震わせながら後ろへと消えて行きました。

それにつられるように私の意識も、途切れてしまいました。

2

「曜子さん、大丈夫でしょうか」

「大丈夫、大丈夫。曜子姉さんのことだから警察を丸め込むついでに、あのチンピラどもから搾れるだけお金を搾り取ってるよ」

　あの人ならやりそうだ。と、曜子さんが弁護士のスキルを悪用……もとい、いかんなく発揮して奈良県警を言いくるめ、歌舞伎町で因縁をつけた末に飛鳥に撃退されたことを逆恨みして高速道路で襲撃し、再度飛鳥に撃退されたチンピラたちから情報と金銭を巻き上げている間、中継基地とするために飛鳥に予約させておいた旅館の客室にキャリーケースを運び込みながら、思ってしまいました。

「襲撃されたのが奈良県に入ってからだったのは、不幸中の幸いでしたね」

「目的地だったから？」

「目的地は大阪です。ここは言わば、中継基地ですね」

「基地？　大阪が目的地なら、大阪に宿をとった方が良かったんじゃない？」

「少し、行きたいところがありまして」

「行きたいところ？　どこ？」

研究ノートの記述から、お兄さんが財宝の隠し場所として目をつけていたのは三か所。

一か所目は福岡県。もっと詳細に言うなら、魏志倭人伝などに登場する日本最古の国家である奴国。その中心地だと目されている、須玖遺跡群。

二か所目は、岡山県南部の貴地方にある鬼ノ城。

発掘調査の結果は七世紀後半に築城されたとされていますが、件の山城は史書に記載がないため、正確な築城年は不明のままです。ですが、第七代孝霊天皇皇子である吉備津彦命が、温羅と呼ばれた古代の鬼（おそらくは民族で、正確には温羅族でしょう）の征伐に派遣されたと古事記にも日本書紀にも記されていますので、少なくともヤマト王権の下に各地方が統合されたとされる四世紀中頃以前には、築城されていたと予想できます。

ですが先の二つは、曜子さんや他の方々が土産話として「行った」と聞いていましたので、候補から外れます。

よって自然と、三か所目が最有力になるのですが、行く前に奈良県桜井市にある弥生時代末期から古墳時代前期頃の複合遺跡である、纏向遺跡を見ておきたいのです。

「わかりましたか？」

「わかんないよ。だってリリーちゃん、ボクが淹れたお茶を啜りながら窓の外を見てたと思ったら、急に僕を見て……さっきのはドヤ顔って言うよりは決め顔っぽいかな。を、しただけじゃん。また、頭の中で説明しただけで説明した気になってたの？」

「頭が可哀そうな子を見るような目で見るのをやめてください」

「でもさぁ。いきなり決め顔されるボクの身にもなってよ。いや、可愛いよ？　何の脈略もなく急にドヤ顔したり決め顔したりするリリーちゃんは可愛いんだけど、正直、反応に困るんだよね」

「う……」

　これは、謝るべきなのでしょうか。確かに私には、脳内で説明しただけで実際に説明した気になってしまう悪癖（私はちゃんと口に出して説明したつもりなのですが）があります。

　悪い事をしたとは欠片も思っていませんが、飛鳥を不快な気分にさせたのは、呆れ果てたような顔をしているのを見るに事実。

　少なくともこの旅を続けている間は、飛鳥とは良好な関係でいるに越したことはないので形だけでも謝って、明日の行き先もちゃんと教えておきましょう。

「え、えっと。その……ごめんなさい。あ、アシ、Tomorrow ハ Makimuku ruins に Go シテ Let's do our research シマショウ」

「ちょ、ちょ、ちょ、ちょっ！　急にどうしちゃったの!?　似非外人みたいな喋り方になってるよ！　いろんな意味でわかりづらい！」

「ソ、Sorry……じゃない。ごめんなさい。何故か、緊張してしまって……」

「リリーちゃん、大丈夫？　顔、真っ青だよ？」

「だ、大丈夫です。たぶん、まだ車酔いが残っているのだと思います。そ、そうだ。わ、私、外の空気を吸いに行ってきます。風にあたれば、少しはましになるかもしれませんから」

「え？　あ、うん……。ごゆっくり」

結局、私はまともに謝れぬまま逃げるように、部屋を出ました。

一度は飛鳥に言った通り、旅館の中庭を散歩しましたが気分が晴れなかったので、それではと思って今度は、浴場へ向かいました。歩いたせいで軽く汗ばみましたしね。

私は着くなり脱衣所で服を脱ぎ散らかし、浴場に私以外は誰もいないことを良い事に掛け湯すらせず湯船に飛び込んで頭の天辺までお湯に浸かりました。それでも、気分は晴れてくれません。身体の力を抜き、湯船に大の字で浮いて漂ってもみても、和らぎすらしません。

「露天風呂にでも、行ってみましょうか」

日本人のように銭湯などの入浴施設で、不特定多数と一緒に全裸で入浴する習慣がない英国育ちの私にとって、野外で入浴するなど狂気の沙汰。でもそうすれば、もう少しマシな気分になるかもしれないと根拠もなしに思った私は、湯船に広がっていた髪の毛が肌のあちこちにまとわりつく不快感すら良い気晴らしになると自分に言い聞かせて、何故か二重扉（一枚目のドアから三メートルほどの距離を置いて、二枚目は窓のない木製の引き戸）を開いて外へ出ました。

「想像していたよりも、良い景色ですね。それに、この開放感がなんとも爽快……」

でしたが、先客がいることに気付いたせいで台無しになりました。でも、変ですね。私が浴場に入った時、他の人の姿はありませんでした。それなのに、石造りの湯船には淡い栗色の髪の上に畳んだタオルを乗せた人が、景色と温泉を堪能しています。

あの人は、どこから入ったのでしょうか。私が入るよりも先に、入っていたのでしょうか。

もしかして、別の入り口が？　と、思い至って周りを見渡してみると……ありました。

方向的に男湯と思われる方に、毛筆で「この先、男湯」と書かれた木製の引き戸が。振り返って私が出てきた引き戸を見てみると、これまた達筆な字で「この先、女湯」と書かれていました。つまりここは混浴で、あの人は男湯から入ってきた男。と、言うことになります。

だったら、気づかれていないうちに逃げましょう。私は正真正銘の全裸。体を隠すためのタオルすら持っていません。そんな私があの男性に存在を気づかれたら、何をされるか想像するまでもありません。

だから踵を返して女湯に戻ろうとしたのですが、先客が「う〜ん……。やっぱり露天風呂って最高！」と言ったのを聞いて、再び踵を返して湯船に忍び足で向かい、恐る恐る声をかけました
「あ、あの……」

「あ、はい。なんで……。ちょっ！　はぁ!?　リリーちゃん!?　どうしてここに！　散歩してたんじゃなかったの!?」

「良かった。やっぱり、飛鳥でしたか」

声が聞こえた時点でもしかしてとは思っていましたが、飛鳥で本当に良かったです。

大慌てで頭の上に乗せていたタオルで体を隠したのが少し気になりますが、安心した私は隣に体を沈めました。

「飛鳥。湯船にタオルを浸けるのは、マナー違反では？」

「いや、そうなんだけど……。ボク、実は体にコンプレックスがあって……」

「人に見られたくない。と、いう訳ですね。でしたら、気持ちはわかりますので黙認します」

「あ、ありがとう」

お礼を言われるほどではありません。私だって、自衛手段の一助になっているとはいえ、幼児体型だと言っても過言ではない体型はコンプレックスに思っています。

私が声をかけた一瞬、呆けたような顔で私の爪先から頭の天辺まで舐めるように見上げられて少し恥ずかしかったですが、同性で、何かしらのコンプレックスを抱えている飛鳥なら気にする必要はないと、自分に言い聞かせました。ですが、妙な気まずさが拭えません。

「飛鳥」

「な、何？」

「気まずいので、何か話してください」

「そう言われても……。リリーちゃんこそ、何かないの？　その、話題とか」

「わ、話題ですか？　そうですね……」

たしかに、急にこんなことを言われると困りますね。何を話したらいいのか、まったく思い浮かびません。それでも何か話題を考えないと、温泉で火照った身体と謎の気まずさのせいでどうにかなってしまいます。

「あ、そうだ。飛鳥は、サイキック……超能力者なのですか？」

「ボクが超能力者？　どうして？」

「だ、だって、歌舞伎町でチンピラたちを、ほとんど触れもせず吹き飛ばしていたじゃないですか。あれは、超能力ではないのですか？」

「あれのことか。あれはただの、柔術と合気道の応用だよ。ボク、子供の頃から父さんに色々と格闘技を叩き込まれててさ。あの程度のチンピラが相手なら、何てことないよ」

「お父様に？　飛鳥のお父様は、格闘家なのですか？」

「違うよ。父さんはプロレスとかの興行で解説の仕事はしてるけど、ただの格闘技マニアってだけ。ただ、度が過ぎててさ。ボクを、自分の理想の格闘家にしようとしてるんだ」

「理想の？　お父様の理想とする格闘家とは、どのような？」

「漫画に出てくるような」

「は？　漫画？　えっと、例えばですが、軽く殴っただけで人が吹っ飛んだり、手の平からビームを出したり、怒ったら金髪になって逆立つような？」

「いや、そういうドラゴンボール的なのじゃなくて、もっと現実寄りだけど現実離れしてるやつ。例えば、バキみたいな感じかな」

「バキって何ですか？　漫画特有のオノマトペ……日本語だと、えっと、擬音語ですか？」

「あ、バキは知らないんだ」

「知りません。面白いのですか？」

「ボクは好きかな。父さんの趣味に染められてるようで少し面白くないけど、ああなりたいって考えた時期はあったよ。こ、この件が終わったらさ。漫画、貸そうか？　ボクの家に、全巻あるよ」

「いえ、興味がないので遠慮します」

「そ、そう……」

はて？　どうして残念そうな顔になったのでしょう。漫画の件を断ったからでしょうか。そうだとしたら、落胆のしかたがオーバーに思えます。

「ボ、ボクさ。車の運転も上手かったでしょ?」

「強引に話題を変えますね。上手かったかどうかと聞かれても……私、気絶してしまいましたが?」

「あれは、あのチンピラたちのせいだよ! それまでは、リリーちゃんが車酔いしないように、丁寧に運転してたんだよ?」

「たしかに、そうですね。あの運転も、お父様から? いえ、違いますね。たしか、あの時、『お母さん仕込みのドラテク』と言っていましたから、お母様から?」

「うん。ボクのお母さん、現役のレーサーなんだ。あっちこっちのレースで引っ張りだこだから滅多に日本には帰ってこないけど、帰ってきた時は父さんと喧嘩ばっかり。父さんはボクを格闘家にしたがってて、母さんはボクをレーサーにしたいらしくてさ。ボクを取り合うの。二人が揃った日はリアル大岡裁きだよ。あ、わかる? 時代劇なんだけど、母親を名乗る二人の女の人が子供の両手を引っ張って、可哀そうだって手を離した方を母親だって認めたやつ」

「ええ、一応は」

私のリリー図書館によりますと、大岡裁きとは正確には、大岡政談と呼ばれている講談や脚本、小説などで、江戸中期の名奉行と謳われた大岡忠相が下す判決のことで、飛鳥が例に挙げた「子争い」と呼ばれているエピソードは、その一例でしかありません。

ちなみに、その多くは実際の大岡忠相とは関係がないのですが、話の腰を折ってしまうので言わないでおきましょう。

「飛鳥は、ご両親と仲が良いのですか？」

「悪くはないよ。父さんともお母さんとも話は合うし、格闘技を習うのも、車やバイクの運転をするのも楽しいよ。あ、そうだ。ボクって、船と飛行機とヘリコプターも操縦できるんだよ。凄いでしょ」

「免許は？　自慢するくらいですから、取得しているのでしょう？」

「え～っと、バイクは中型で、船は二級小型を持ってるけど、飛行機とヘリコプターは……」

「操縦だけできる。と、言うことですか。飛鳥のお母様は、色々と急ぎ過ぎでは？　免許を取得できる年齢になるまで、待てば良いじゃないですか」

「お母さん的に、それはNGらしいよ。えっと、何て言ってたっけ。あ、そうだ。『十代でも前半と後半じゃあ、覚え方に差があるんだから今のうちに経験しときなさい』って、言ってた」

「ふむ、極論ではありますが、一理ありますね」

ジャンルを問わず、ありとあらゆる経験は若い内に経験しておくべきです。例外は、身体の成長具合が影響する薬物や性体験くらいのものでしょう。と、言うのも、人間は若ければ若いほど……と、言うよりも、脳みその空き容量が多ければ多いほど、技術や知識を蓄積する速度が増します。カラカラに乾いたスポンジに例えられる通り、知識と経験の吸収速度は段違い。しかも飛鳥の場合は、ご両親が自分の才能を受け継いでくれている前提で、各々が得意とするジャンルの英才教育を施しています。

私も両親から似たようなことをされていますが、私と飛鳥では決定的な違いがあります。

「飛鳥は、ご両親が好きなんですね」

「そりゃあ、嫌ってはないけど……」

飛鳥の声がトーンダウンしました。

きっと私が両親を嫌っているのを思い出して、言葉に詰まってしまったのでしょう。

そのせいで会話が途切れ、静寂が私たちを包みました。

水の音や、風の音。木々がこすれ合う音と、鳥の囀りすら聞こえるのに、私の頭は鼓膜を確かに震わせているそれらを音として認識していないかのように、静かに感じています。

「あ、あの、飛鳥……」

「ね、ねぇ！　リリーちゃん！」

「は、はい！　なんですか？」

「リリーちゃんはさ。ボクのこと、どう思ってる？」

大声で食い気味に言葉を遮られて、反射的に背筋が伸びてしまいましたが、飛鳥の質問の意味がすぐには理解できなかったせいで逆に力が抜け、「は？」と、間抜けな返しをしてしまいました。

「ボ、ボクのこと、好き？　それとも、嫌い？」

飛鳥は真っ赤な顔で私の目を真っすぐ見ながら、言いました。たとえ付き合いが浅く、ＥＱが低い私でも、飛鳥が勇気を振り絞って真剣に質問していることくらいはわかります。

「え〜っと、その……」

その視線に耐え切れず、私は目をそらしました。

飛鳥はどんな意図があって、あんな質問をしたのでしょうか。同性愛者だからでしょうか。それとも単に、友達として好きか嫌いかと聞いたのでしょうか。

仮に前者だったら、私は男性恐怖症ですが同性愛者というわけではないので、断らなければなりません。後者だったなら、短い付き合いですが好感は抱いてますので、好きだと言えます。好きまでいっていなくとも、嫌いではありません。

ならばここは、旅を円滑に進めるためにも、後者の意味で聞いたのだと信じて……。

「す、好きですよ」

「ほ、本当に？」

「聞き返さないでください。何度もその、言いたくありませんので」

思わず俯いてしまった先の湯船には、飛鳥に負けず劣らず真っ赤な顔をした私が映っていました。

飛鳥は私の様子に気付いていないようで、無邪気に「そっか！　好きなんだ！　だから、こんなに大胆なんだね！」などと、相変わらず訳の分からないことを言ってはしゃいでいます。これ、もしかしなくても前者でした？　飛鳥は、同性愛者だった？　だとしたら、この状況は激しく危険です。

「で、では、そういうことなので、私は先にあがります」

「え？　もう？」

「はい。慣れない温泉で、のぼせてしまったようなので」

と、言い残して、私は両手で隠せる限り体を隠しながら、脱衣所へと逃げ込みました。

3

昨晩は、安心して眠ることができませんでした。

確定はしていませんが、飛鳥は同性愛者である可能性が濃厚。それなのに同室で、私たちを遮る壁は無し。飛鳥がその気になっていたら、私は良いように体を弄ばれていたでしょう。

「まあ、杞憂でしたが」

「ん？　何か言った？」

「いえ、何も。それより飛鳥。曜子さんは、まだ警察署ですか？」

「そうみたい。夕方までには旅館に行けると思うって、メッセが来てたよ」

「そうですか。待たずに出て、正解でしたね」

今もまだ、チンピラたちを絞り上げている曜子さんを待たずに、私たちはタクシーを使って日本最古の巨大前方後円墳があり、ヤマト王権の初期の都市であるとされている纒向遺跡を見てきました。

「ねえ、リリーちゃん。ボクにはすっごいド田舎にしか見えなかったんだけど、何かわかったの？」

「いいえ、何も。そもそも、何かわかると期待して行ったわけではありません」

「じゃあ、どうして？　観光？」

「空気を、吸ってみたかったのです」

「いや、意味が分かんないんだけど」

それはそうでしょう。

私自身、これに何の意味があるのか、今でもわかりません。ただ、「どれだけ年月が経っていても、実際に現地に行ってみると得られるものがある」と、お酒に酔いながら言っていたダディの調査スタイルを真似しているだけなのですから。

「ですが、収穫はありませんでしたが、疑問は湧きました」

「何が？　また、頭の中だけで説明するのはやめてね？」

「ど、努力します」

纏向遺跡を後にした私たちは、最寄り駅である巻向駅の近くにあったカフェに入りました。本当に空気を吸っただけで終わったのだと知って、案内されたテーブル席の対面に腰を下ろした飛鳥は不満があるようです。

まあ、それはそうでしょうね。一刻も早くお兄さんを見つけたい飛鳥からすれば、無駄な寄り道ですから。

「あの遺跡には、同時代の遺跡とは違った特徴があるのを知っていますか？」

「ボクが知ってると思う？」

「でしょうね。では、話を続けます。纏向遺跡は、三世紀初めに突然現れた集落で規模も大きく、都市機能を有していたことがまず挙げられます」

「都市機能？　それって、凄い事なの？」

「古代人が現代人よりも劣っている前提で考えると、凄いです。都市機能とは、医療や福祉、商業などを都市の中心や生活拠点に誘導して集約し、それら各種サービスを効率的に提供する一連のシステムの総称ですから」

「え～っと、商店街と役所や病院がセットになった感じ？」

「大きく間違ってはいませんので、そう思っていてください。さらに言うなら、大和川につながる護岸工事の施された大溝や祭祀場が発見されたことと、近畿以外の地域からもたらされたと思われる搬入土器が多く出土していることから、この遺跡は自然発生したムラではなく、複数の地域の人たちが協力して作った計画都市だったとされています。ここまでは、理解できましたか？」

「う、うん。なんとか」

　本当でしょうか。飛鳥は瞼や頬を引きつらせながら、食い入るように私を見ています。運ばれてきたコーヒーとケーキにも、手を付ける様子がありません。

「まあ、信じて続けましょう。先に挙げた特徴から、この地がヤマト王権が最初に都宮を置いた都市だった可能性が高いとされていますし、邪馬台国畿内説の根拠の一つともなっています」

「あ、邪馬台国は聞いたことがある。たしか、ヒミコって名前の女王様がいたんだよね。合ってる？」

「ええ、合っています。ヤマト王権と邪馬台国の繋がりについて詳しく語っても良いのですが、お兄さんの件とは直接関係がないので割愛します。飛鳥は先ほどまでの話を聞いて、おかしいと思いませんでしたか？」

「おかしい？　何が？」

「纏向遺跡……いえ、仮に纏向市としましょうか。が、造られたのは三世紀の初め頃。建設が始まったのはおそらく、二世紀の終わりごろでしょう。しかし、二世紀後半には倭国大乱と呼ばれている日本史上初の大規模な戦争が起こっています。仮に、その戦争を制した地域の人たち……出土した土器から、伊勢、東海地域に住んでいた人たちだと推察できます。が、平定、吸収した吉備……岡山よりも東の地域に住んでいた人たちとともに纏向市を築いたとしたら、色々とおかしいのです」

「おかしい？　何が？」

「出土した土器や遺物は九州から関東、日本海側を含むものの、九州や朝鮮由来の土器は非常に少なく、魏志倭人伝に記載されている鉄器も僅かしか出土していません。このことから、纏向市は大陸との交易が乏しかったことがわかります。ですが倭国大乱は魏志倭人伝に記述されています。スケールダウンさせて例を挙げると、名字すら知らない隣町にある家の親子喧嘩を日記に書いている。みたいな感じでしょうか」

「ああ、それはたしかに、おかしいね。でも、おかしかったら何か問題があるの？」

「大有りですよ。お兄さんが研究資料にした諸道と諸国の書に出てくるワクワクの語源は倭国。つまり、倭国大乱で勝利した国だと言えます。その倭国が、纏向市を計画した人たちの国だとしたら、上記の理由で疑問符がついてしまいます」

「えっと、疑問符がつくと、どうなるの？」

「私は研究ノートの記述と東京で得られた証言から、お兄さんは大阪にある大仙陵古墳へ向かったと予想していました。ですが、倭国王を称したヤマト王権……古代の天皇家が実際はそうではなかったとしたら、予想が破綻してしまうのです」

「どうして？」

「……藤邑教授と私の会話を、飛鳥は聞いていなかったのですか？」

「き、聞いてはいたんだけど、難しい話をしてるな〜くらいにしか……」

思っていなかった。だから、聞き流していたという訳ですね。

教授との話程度が理解できなかったのに、今まで長々とした説明が理解できているのでしょうか。と、言う代わりに思いを視線に込めて睨んだら、飛鳥はすっかりぬるくなってしまったコーヒーを啜って誤魔化そうとしています。

「大仙陵古墳は別名、仁徳天皇陵と呼ばれています。つまり、天皇家のお墓なのです」

「あ、そっか。ワクワクの倭国がヤマト王権の国のことじゃないなら、そこに行っても意味がないってことになるのか」

「その通りですが、大仙陵古墳に埋葬されているのは仁徳天皇ではないとする説もありますから、可能性がゼロになったわけではありません。それに、交易が乏しかったのは纏向市だけで、もっと西方に交易の拠点都市があった可能性もあります。だから、そんなに残念そうな顔を、しないでください」

「う、うん……」

誤魔化しただけですが、飛鳥がホッとしたように一息ついて、ケーキに手をつけたのを見て、私も安心しました。でもすぐに、自分の変化に驚きました。

私は他者が何をどう考え、どう感じているかは、表情やしぐさの変化から予想しているにすぎません。そんな私が、他者に共感することなどありません。

いえ、今、この時まではありませんでした。

「リリーちゃん、どうかした？」

「え？　いえ、どうもしてません」

「そう？　なんか、顔が赤いけど……」

「顔が赤い？　私の？　それはたぶん、えっと、そう！　暑いからです！　そうに違いありません！」

と、言って、今度は私の状態を誤魔化そうとしましたが、さすがに無理でした。

よほど赤かったのか、飛鳥は私が風邪でも引いたのではないかと誤解して、半ば無理矢理、私を旅館まで連行しましたから。

4

旅館に戻った私たち……と、言うより飛鳥は、私がお願いした色々な雑事までこなしてやっと合流してくれた曜子さんの姿を客室で見つけるなり、食って掛かりました。

「大仙陵古墳に忍び込む？　駄目に決まってるでしょ。何言ってるのよ」

「えー！　どうして駄目なのさ！」

「あそこは世界文化遺産に指定されていて、正面の拝所までしか立ち入りは許可されていない。もし、その奥まで入ろうものなら、マジで逮捕されるわよ」

「その時は、曜子姉さんがどうにかしてよ。弁護士でしょ？」

「あなたね、弁護士を何だと思ってるの？　たしかに弁護士は、殺人犯だろうが万引き犯だろうが、依頼があれば弁護するわ。でもね、裁判で絶対に勝てるわけじゃないの。明らかに不法侵入してて、現行犯で逮捕されたら弁護のしようがないのよ。いくら私が勝訴率１００％の弁護士でも、そんな間抜けな逮捕のされ方をした飛鳥を助けることなんてできないの。わかる？」

「わ、わかるけど……。でも、リリーちゃんの推理では、そこにお兄ちゃんが行ったかもしれないんだよ？　お兄ちゃんの行方のヒントが、あるかもしれないんだよ？」

「それは理解してる。だけどヒントのために冒すには、リスクが高すぎるのよ。あなたの将来にも影響が出かねないのに、賛成なんてできるわけがないでしょ」

「ボクの将来なんてどうでもいい！　お兄ちゃんの行方の方が……！」

「生きてるか死んでるかもわかんない人より、あなたの将来の方が大切に決まってるでしょう！　子供じゃないんだから、聞き分けなさい！」

「やだよ！　ボクはお兄ちゃんをみつけるんだ！　そのためなら、逮捕されたってかまわない！」

　白熱していますね。すでに二人とも、理性などかなぐり捨てて感情だけ言い争っています。罵詈雑言の応酬に変りつつありますから、そろそろ止めた方がよさそうです。

「二人とも、少し落ち着いて……」

「もしかして曜子姉さん、あの三足って奴に鞍替えしようとしてんじゃない？」

「な……！　はぁ!?　あなた、言うに事欠いてなんてこと言うのよ！　わたしがそんな尻軽に見えるの!?」

「あの、だから二人とも……」

「だって曜子姉さん、もうアラサーじゃん！　結婚に焦ってもおかしくない歳じゃん！」

「焦ってないわよ！　全然、これっぽっちも焦ってないわ！　余裕よ！　わたしがその気になれば、男なんて選び放題なんだから！」

さて、困りました。

二人はヒートアップしすぎていて、私の声が届いていないようです。

大きな音でも出せば止まるかもしれませんが、あいにくと二人を止められるほどの轟音を出せる物は手元にありません。

しいてあるとすれば、それは私の声くらい。でも私は、大声を出すのが苦手です。

「苦手ですが、二人の喧嘩を見続けるのは、嫌です」

私は大きく息を吸い、容量の限界まで、肺に空気を満たしました。

ああ、でも、なんと叫びましょう。無難に「落ち着きなさい！」が、いいでしょうか。それとも「やめなさい！」がいいでしょうか。

いいえ、どちらもナンセンス。二人が感情をむき出しにして言い争っているのですから、私も感情の赴くままに叫ぶべきです。

「Don't be fooled! If you're still fighting, you're both skipping dinner!」

あ、これ、思っていたよりも爽快ですね。

喧嘩していた二人を唖然とさせるほど声を張り上げるのが初めてだからそう感じているのかもしれませんが、少なくとも今は、気分爽快です。

なんならもう一回、叫びたいくらいです。

「い、今の、リリーちゃん？　何て言ったのかはわかんなかったけど、あんな大声出せたんだ」

「あ、そうでした。飛鳥は英語がわからないのでしたね。では、日本語で改めて……」

「いや、いい！　今回はいい！　鼓膜が破れちゃ……！」

もう、遅い。私の肺は再び限界まで空気で満たされ、声と化して飛び出すのを待っています。そして私は、それを止めようなどと考えていません。

飛鳥は判断を誤りました。私を止めようとするのではなく、曜子さんのように両耳を手で塞げばよかったのです。

「いいかげんにしなさい！　まだ喧嘩を続けるのなら、二人とも晩御飯は抜きです！」

うん、やはり気持ちが良いですね。

子供の頃、私に持論を聞かせるのに夢中になって母の呼びかけに応えようとしない父に母が言ったセリフのアレンジですが、知らず知らずの内にため込んでいたストレスまで一緒に発散したように気分がいいです。

もっとも、その直撃を無防備に受けた飛鳥は、「耳がぁー！　耳がぁー！」と、言いながら両耳を押さえて転げ回ることになりましたが。

「さて、二人とも正気に戻ったようですので、これからの打ち合わせをします。よろしいですね？」

「わたしはいいけど……」

言いながら座布団を手繰り寄せて座った曜子さんの視線を追うと、飛鳥が飽きもせず「耳がぁー！　耳がぁー！」と言いながら転げていました。

無様で醜いですし、下手をすれば先ほどまでより騒がしいかもしれません。

「ほら、飛鳥。打ち合わせをしますから、さっさと座ってください。ほら、早く」

「ちょ、痛い！　痛いよリリーちゃん！　お尻を蹴らないで！」

「蹴られたくなかったら、さっさと座りなさい。ああ、ついでに、お茶を淹れてくれるとありがたいです」

「わかったからやめて！　もう踏んでる！　蹴るじゃなくて踏むになってる！」

そりゃあ、踏んでいますからね。しかも、力いっぱい。

ですが、私と飛鳥くらい体格差があれば、たいして痛くないはずです。

実際、飛鳥は「酷い……。今の仕打ちには愛がないよ……」などと訳の分からないことを言いつつお尻をさすりながら、部屋に備え付けの湯沸かし器でお湯を沸かし始めましたから。そしてお茶を淹れ終わった飛鳥が座り、聞く態勢になったのを確認した私は、行き先を告げる前準備として質問から会話を始めました。

「お二人は、陪塚をご存じですか？　あ、ご存じないですね。鳩が豆鉄砲を食らったようなお二人の顔を見れば、知らないのは一目瞭然です。ではまず、そこから説明しましょう」

陪塚とは、簡単に言うと近親者や従者を葬ったとされる、大古墳の近くに造られた小さな古墳のことです。

私がお兄さんの目的地だと睨んでいる大仙陵古墳には、十二基もの陪塚があります。

「ここまでは、よろしいですか？」

「いや、よろしくないよ。リリーちゃん、また悪い癖が出てるじゃん」

「少しの間目をつぶってたと思ったら、おもむろに瞼を開いてわたしと飛鳥を見渡しただけじゃない。いくらわたしでも、わからないわよ」

「それは失礼しました。では、説明を続けます。私たちが目指すのは大仙陵古墳で間違いないのですが、侵入口は別にあります。それは陪塚の一つ。ズバリ、大仙陵古墳から見て真西に位置する樋の谷古墳です」

「真西？　ああ、四神相応ってやつね。西を司るのは白虎で、道に対応している」

「さすがは曜子さん。話が早くて助かります」

飛鳥は、「ボ、ボクだって、四神くらいは知ってるよ。他にも朱雀とか青龍とかいるんでしょ？」などと、謎の見栄を張っていますがとりあえず無視しましょう。

「でも、その解釈が一般的になったのは……えっと、たしか……。ああ、駄目ね。思い出せない。弥生君から聞かされた憶えはあるんだけど」

「古くは平城京の時代。西暦７１０年頃です。曜子さんは、大仙陵古墳の建造時期と、思想が一般化した時期が合わないとおっしゃりたいのでしょう？」

それ以前の首都である藤原京から平城京に遷都されたのは、先ほど言った通り７１０年。八世紀の初め。対する大仙陵古墳の建造時期は五世紀前半から半ばとされています。

日本独自と言っても過言ではない、山川道澤に四神を当てはめる思想が一般化した時期とは二百年以上開いています。

「ですが、五世紀中頃に、すでにその思想があったと考えれば何の不思議もありません」

「平城京でようやく、都市レベルでその思想を実現できた。ってこと？」

「その通りです。事実として、遣唐使が帰国するよりも以前に造られたとされているキトラ遺跡の内部からは、四神の壁画が発見されています。それ以前に建造された大仙陵古墳から出土し、現在はアメリカのボストン美術館に収蔵されている銅鏡には、四神が描かれています。つまり五世紀には、四神の概念が伝わっていたのです。他国から伝わった思想や技術を短期間で魔改造するのは、日本のお家芸でしょう？　故に、大仙陵古墳が建造された時期にはすでに、山川道澤に四神を当てはめていたと思われます。後に平城京をたたき台として、平安京が造られたのではないでしょうか」

お兄さんのノートにも、「鍵は二十八宿」と書かれていました。

二十八宿とは天球を二十八のエリアに不均等分割したもので、中国で誕生して天文学や占星術に用いられていました。その歴史は古く、インドを経由して古代バビロニアまで伝わっています。大仙陵古墳を建造した人たちが山川道澤に四神を当てはめていたのだとするなら、二十八宿も用いていた可能性が出てきます。

さらに言うなら、遺跡の内部が迷宮になっている可能性も。

お兄さんが記した「鍵」が文字通りの鍵なのか、迷宮で正しい通路を選択するためのヒントなのかはまだわかりませんが、重要な手掛かりであることは間違いないでしょう。

「リリーちゃんって、意外と想像力が豊かなのね。でも仮に、リリーちゃんの仮説通り樋の谷古墳に大仙陵古墳へ通じる地下通路なりがあったとしら、とっくの昔に調査されてるんじゃないかしら」

「されていません。あそこは大仙陵古墳を造った際、濠を掘った時の土を盛ったものと推察されているため、古墳かどうかは疑問視されています。そのため、一応は陪塚のリストに名を連ねていますが、宮内庁が管理する「百舌鳥・古市古墳群」の構成資産からも外れています」

「重要度が低いから、発掘調査まではされていない。ってこと?」

「少なくとも、私の脳内図書館にあるその手の資料には、発掘調査がされたという記述はありません」

「でも、古墳ってついてるくらいだから、大きいんじゃないの? 私たちだけで、探しきれる?」

「樋の谷古墳は円墳で、直径は47メートルです。闇雲に探したら、曜子さんが言う通り探しきれないでしょうね」

「含みのある言い方ね。もしかして弥生君の研究ノートに、何かヒントが？」

「研究ノートには、『樋の谷はただの目印』と、書かれていました。そのすぐ隣に、『西から東へ』と書かれ、さらに下に、『酸素ボンベ、水中メガネ、ウェットスーツも？』と、殴り書きされていました」

「ちょ、ちょっと待って。もしかして入り口は……」

「水中にあると、お兄さんは考えていたんだと思います。樋の谷古墳は池に囲まれていますし、その池は大仙陵古墳の外堀と面しています」

「理屈は一応、納得するけど……。入り口なんて、見つかるの？　本当にあったとしても、埋まってるんじゃない？」

「私の仮説は、研究ノートを解読して導き出したものです。お兄さんが同じ結論に達していたのなら、現地へ行っている可能性が高い。行っていれば当然、入り口からの侵入を試みるでしょう。つまり、お兄さんの居場所が大仙陵古墳内だとすると、入り口は最低でも七年前に一度、開かれています」

「じゃ、じゃあ本当に潜るの？　あの池に？」

「はい。潜ります」

以上で、一通りの説明は終わりです。終わりですが、結論が予想外だったのか、曜子さんは「マジか」とでも言いたそうな顔をしています。

飛鳥は……駄目ですね。理解はしようとしたみたいですが無理だったらしく、白目をむいて虚空をあおぎ、口からは泡を吹いています。

おそらく、普段は使わない頭を使ったせいで、脳がオーバーヒートしてしまったのでしょう。

そんな飛鳥は放置して、曜子さんと明日以降の段取りを決めることにしました。

「曜子さんは、大阪に伝手はありますか？」

「大阪にも仕事で何度か行ったことがあるから、あっちの弁護士とか警察、検察、探偵にも知り合いはいるわ。何か、調べてもらう？」

「七年前にダイビング用品一式を貸し出して、返却されていない店がないか調べてください。盗難届が出されている可能性もありますので、警察に聞けばわかるかもしれません。もしくは、ダイビング用品一式を買い取った人がいた店を探してください。私は後者の可能性が高いと思っています」

「……わかった。あとで頼んでおくわ」

曜子さんは、察してくれたようですね。

池に潜り、入り口を掘り返さなければならない可能性があるなら、ダイビング用品は必須。ですがレンタルはしていないと、私は半ば確信しています。

その理由は言わずもがな。お兄さんの足取りが不明のままだからです。

通常、ダイビング用品をレンタルする場合、ライセンスを持っていなければその店の人と一緒に潜る必要があり、当然ですが名前や住所等は店側に控えられます。一式揃えようとすればかなりの金額になりますので、盗難を防ぐことを考えれば当然の処置ですね。

ライセンスを持っていても同様です。

仮にお兄さんがレンタルしていた場合、行方不明になっているのですから、当然ながら返却はされません。返却されなければ、店は盗難届なり出すでしょう。つまり、それ自体が行方の手がかりになっていたはずなのです。ですが、そんな事実はありません。

いえ、曜子さんの反応を見る限り、ありませんでした。

「飛鳥。ちょっと、飛鳥！　いつまで呆けてるの！」

「はい！　あ、曜子姉さん。どうしたの？」

「どうしたの？　じゃ、ない。弥生君って、ダイビングの免許は持ってた？　あなたたちのご両親って資格マニアな面もあったから、取らせてたんじゃない？」

「ダイビングの免許？　持ってたよ？　ボクも持ってるし。他にも色々と……」

「よし。それだけ聞ければ十分だから、あなたは阿呆面に戻って良いわ」

そうですね。飛鳥は自慢したかったのか、伸びかけていた鼻をハンマーで打ち付けられたような顔をして「ひ、酷いよ、曜子姉さん」と、言っています。

可哀そうとは思いますが、今はそれ以上の情報は必要ありませんので放っておきます。

「ああ、そうだ。潜るなら、店を見つけたらついでにレンタルもしとく？」

「そうしていただくと、手間が省けて助かります」

「了解。手配しておくわ。リリーちゃんは、ダイビングの経験はあるの？」

「ご心配なく。父のフィールドワークに付き合う過程で、Advanced Open water のライセンスを取らされています。日本の指導団体の規定だと Advanced Adventurer 相当だったと思います」

「さ、さすがは考古学者の娘……って、褒めるべき？」

「しかたなく取っただけです。なので、褒められてもうれしくありません」

本当に、嬉しくありません。そのはずなのに、飛鳥が「あ、同じだ！　ボク、アドバンスド・アドベンチュアラーを持ってるよ！」と言ってはしゃいだのを見て、胸の奥が温かくなりました。気づいたら視線も、曜子さんではなく飛鳥へと向いています。

「リリーちゃん。気持ちはわかるけど、今は打ち合わせの方が大切じゃ……ああ、でも、想い人との些細な共通点を見つけて惚れ直して、ついつい見つめちゃうリリーちゃんは初心で可愛いからここで邪魔をするのは無粋か……」

「ほ、惚れ!? 想い人!? 誤解しないでください！ 私はただ、飛鳥でも取得できるくらい、日本の指導団体が出す学科試験は簡単なんだなと、呆れていただけです！」

「はいはい。そういうことにしておいてあげるから、今のうちにイチャイチャしときなさい。お姉さんは邪魔しないように、外で大阪の知り合いにさっきの件を頼んでくるから」

「Wait a minute! I don't understand the reason! Yoko has a fatal misunderstanding!」

「You don't have to be shy. I know, I know」

一瞬でＭＡＸになってしまった羞恥心に押されるがまま抗議しましたが、曜子さんは日本語訛りのある英語で応えてから、溢れ出しそうになっている笑いを押し込めるように口を塞ぎながら部屋から出て行きました。

ちなみに、先ほどの私と曜子さんのやり取りを訳すと、「ちょ、ちょっと待ってください！　訳がわかりません！　曜子さんは致命的な勘違いをしています！」「照れ隠しなんかしなくても良いわ。ちゃんと、わかってるから」と、なります。

5

大阪は天下の台所。と、江戸時代は呼ばれていたそうです。

商人の町であり、交通の要地でもあったために、生活物資の多くが一度産地からここに集められてから全国の消費地に送られたのが、その異名の理由だとされています。

現在は交通に関するインフラや冷蔵、冷凍技術も江戸時代とは比べ物にならないほど発達していますので、今では過去の栄光に成り下がっている……と、飛鳥の運転で大阪入りしてホテルにチェックインするなり、「報告が入るまで、道頓堀で観光でもしましょ」と、言い出した曜子さんに連れられて街に繰り出すまでは思っていました。

「150 yen for 6 takoyaki? What? Isn't there a lot of thin margin sales? What's more, one piece is 1.5 times larger than regular takoyaki, right? Could it be that this is not the takoyaki I just received? Right. Definitely, yes. There are no octopus or other pieces in this takoyaki. Otherwise, this price cannot be realised in Japan, where everything is rising due to high prices. In other words, this is not takoyaki.」

「え〜っと、たこ焼きについて何か言ってるはわかったけど、それ以外はわかんないから日本語でお願いして良い？」

「たこ焼きが６個で１５０円？　え？　薄利多売にもほどがありませんか？　しかも、１個が通常のたこ焼きの１・５倍の大きさがありますよ？　もしかして、私が今正に受け取ったこれはたこ焼きではないのでは？　そうです。絶対にそうですよ。このたこ焼きにはタコなど欠片も入っていないんです。でなければ、物価高で何もかもが値上がりしている今の日本でこの値段は実現できません。つまり、これはたこ焼きではありません」

「あ、うん。ありがとう。思ってたより失礼なこと言ってたんだね。あ、ごめんね、おばちゃん。この子、頭が良すぎてちょっとアレなところがあるから許してあげて。悪気はぜんぜんないの。純粋に、たこ焼きの安さに驚いてるだけだから」

失礼なことを言った自覚はありますし、フォローしてくれたことには感謝しています。

ですが、私に対して失礼では？「頭が良すぎてちょっとアレなところがある」とは、どういう意味ですか？　それに、距離が近いです。たこ焼き屋の店主と雑談をしながら私の肩を抱きよせてご満悦なようですが、私は不快です。完全に、私のパーソナルスペースを侵しています。

「飛鳥。近すぎです。離れてください」

「ん？　嫌？」

どうして、そんなに不思議そうな顔をしているのですか？　私は変なことなど、何一つ言っていません。

そう言えば、旅館に泊まったのを契機に飛鳥の態度が変わり始めたように思えます。ん？　旅館に宿泊？　まさかとは思いますが……。

「あら、ずいぶんと仲良くなったわね。もしかして、付き合うことになったとか？」

「あ、やっぱりわかる？　実はそうなんだよ。リリーちゃんの猛烈なアプローチからの、『好きです』でね」

飛鳥は自分の都合の良いように、事実を捻じ曲げていますね。たしかに温泉で一緒に入浴した際に、「友達」という意味で好きですと言いました。だけどけっして、付き合ってはいません。

ですが、これで確定しました。飛鳥は同性愛者です。しかも男性のように、交際した途端に態度が馴れ馴れしくなり、相手を自分の物のように扱うタイプです。そんな飛鳥だからこそ、そのように曲解してしまったのでしょう。

「飛鳥。手をはなしてください」

「え？　いいじゃん。だってボクたち……」

今この瞬間まで、飛鳥に対する好感度は確実に上がっていました。私とは違って感情豊かで、私にはない純真さを持ち、私にはない技術を持った人として、尊敬すらし始めていました。それなのに飛鳥は、最悪な形で私の気持ちを裏切りました。

「はなせ。と、言っているのです。何度も同じことを、言わせないでください」

「ご、ごめん！」

「な〜んだ。いつものごとく、飛鳥の早とちりだったのね」

「いつも？」

「ちょっ！　曜子姉さん！」

なるほど、よくわかりました。飛鳥は過去にも、私のようにＬｏｖｅではなくＬｉｋｅの意味で女性に「好き」と言われ、それを「交際してくれ」と言われたのだと誤解したことがあるのでしょう。そうだとするなら……。

「やっぱり、飛鳥は馬鹿ですね」

「た、たしかにボクは馬鹿だけど……」

「だけど？　だけど、何ですか？　ハッキリ言ってください」

飛鳥のいじけたような態度に腹が立った私は、人目も気にせず食ってかかりました。

お互い、左手にたこ焼きが詰められたパックを乗せたまま睨み合っている様は、野次馬の目には滑稽に映っているでしょう。曜子さんなど、興味が無さそうな顔をしてベンチでたこ焼きをつつきながら、スマホを眺めています。

衆目の的になるのは本意ではありませんが、私はもちろん、飛鳥も退けないようです。

そして不意に、ゴングは鳴りました。ただし開始を告げるゴングではなく、終了を告げるゴングです。

「はい、そこまで。喧嘩は後にして、さっさとそれ、食べちゃいなさい。食べ終わったら移動するわよ」

「移動？　どこへですか？」

「ダイビングショップ。弥生君が道具を買った店が、見つかったわ」

「意外と早かったですね。調査を頼んだのは昨日の晩でしょう？」

「そっちはたぶん、まだ調べてる最中だと思うわ」

「そっちは？　どういうことですか？」

「それは着いてから説明してあげる。だから、早く食べなさい」

不特定多数の第三者がいるここでは、話せない内容なのでしょうか。それとも、別の理由が？　と、頭の片隅で考えることで冷静さを取り戻し、飛鳥から体ごと視線を外してたこ焼きを平らげました。

そして電車を使って向かった先は、堺市北区。最終目的地でもある大仙陵古墳まで、歩いて行こうと思えばいける距離にある北花田駅でした。

「よう。遅かったな」

「道頓堀にいたんだから、仕方ないでしょう？」

駅の改札を出た先で待っていた紺色のスーツ姿の人物が誰なのか、会ってすぐはわかりませんでしたが、声と喋り方を聞いてMr.三足だとわかりました。

彼が待っていたと言うことは、曜子さんの情報源は彼と言うことになります。

「ねえ、曜子姉さん。どうして、三足さんが大阪にいるの？」

「出張で来ていたらしいわ」

「へぇ、ちゃんと仕事、してたんだ」

「おい、そりゃあどういう意味だ？　俺が無職だと思ってたのか？」

「無職って言うか……」

反社会的な人だと思っていました。現在進行形で喧嘩中の私に視線で同意を求めるような顔をしていますので、飛鳥もきっとそうなのでしょう。

「これでも、東大を出てるんだぞ？　無職なわけがないだろうが」

とは、無職どころか反社なのではないかと疑われていたMr.三足のお言葉です。

ですが、そう思われたのは自業自得では？　あんなチンピラとしか形容しようがない恰好をしたチンピラ口調の男性を見たら、誰でもそう思ってしまいます。

「ところで、素朴な疑問があるのですが」

「この人が、弥生君が利用したダイビングショップを知ってたことでしょう？」

「それも気になりますが、そもそもどうしてMr.三足が、私たちがダイビングショップを探していることを知っていたのですか？　しかも、曜子さんに連絡してきたんですよね？　連絡先を、交換していたのですか？」

「あなたたちと一緒に会った日に、連絡先は交換しておいたの。ダイビングショップの件は暇つぶ……もとい、駄目元で聞いてみたのよ。ほら、あなたたち、喧嘩しそうになっていたでしょ？」

「暇つぶしで聞いてみたら知っていて、しかも、Mr.三足が出張で大阪に来ていた。ですか。都合が良すぎませんか？」

良すぎますよね？　もしかして、Mr.三足は私たちを追ってきたのではないですか？　いえ、そうです。そうに違いありません。

よく考えなくても、歌舞伎町と奈良近郊で私たちを襲ったチンピラ三人組の服装は、東京で会った時のMr.三足と同系統です。つまりあの三人組は、彼の手下である可能性が濃厚。

手下では私たちの目的である飛鳥のお兄さんの捜索を阻止できなかったから、親玉自らが出張ってきたと考えれば一応は納得できます。

「そっちのハーフのお嬢ちゃんの視線が、妙に刺々しいんだが？」

「三足さんの見た目がチンピ……怖いからだよ」

「おい、そっちの背の高い嬢ちゃん。今、チンピラって言いかけなかったか？」

「……言いかけてないよ」

やはり、この人は怪しい。私は確かにハーフですが、瞳の色以外は日本人寄りなので、自分からそうだと言った場合以外に言及されたことはありません。

それなのにこの人は、私を「ハーフのお嬢ちゃん」と言いました。

瞳の色で判断した？　無いですね。昨今の日本には、カラーコンタクトをしている人は普通にいます。よって、瞳の色で判断したとは考えづらいです。と、なると、知っていたと考えるのが妥当となり、チンピラたちに私たちの襲撃を命じた張本人である可能性が高まります。

「と、私は考えているのですが、曜子さんはどう思いますか？」

Mr.三足に案内されて件のダイビングショップに辿り着き、七年前にお兄さんが使用したダイビング用品一式が購入された事実を確認した私たちは、翌日に機材一式をレンタルする予約をして、宿泊するホテルがある梅田まで戻りました。

戻るなり、飛鳥が「お腹が空いた」と言い出したので、「俺は野暮用があるから帰るぞ」と、言い残して踵を返したMr.三足の背中を見送って、手近な居酒屋に入りました。

もちろん、お酒を飲んでいるのは曜子さんだけです。

「どうもこうも、リリーちゃんと同じ考え……だったわ」

「だった？　今は、違うということですか？」

「そういうこと。チンピラ三人組の系統が東京で会った時の三足さんと似てたから、写真を見せて確認したのよ。したんだけど……」

「三人組は、『知らない』と言ったんですね？　ちなみに、どうして曜子さんがMr.三足の写真を持っていたのですか？」

「酒に酔った勢いの記念写真ってノリで、スマホで撮影しておいたのよ。ほら、これよ」

ビールジョッキを片手に曜子さんがテーブル越しに見せてくれたスマートフォンの画面には、仲が良さそうに肩を組んでジョッキを掲げる曜子さんとMr.三足が写っていました。

さすがは曜子さん。と、言うべき構図ですね。

曜子さん自身は横を向き、ジョッキで顔の大部分を隠していますが、Mr.三足の顔は正面からバッチリと写っています。おそらく、同じ写真をMr.三足にも送ったのでしょう。これなら万が一、ＳＮＳに載せられても曜子さんを特定するのは難しいと思います。

「そのあと、酔った勢いでホテルに行ったりしてないよね？　お兄ちゃんを裏切ってないよね？」

「飛鳥。話が脱線しますから、あなたは黙っていてください」

「リリーちゃんこそ黙っててよ。ボクにとっては、大事なことなんだから」

恋人であるお兄さんが行方不明になって早七年。その間、恋人もつくらず一途に待ち続けられる人が、この世に何人いるのでしょうか。

通信手段が発達していなかった頃なら、有り得たかもしれません。ですが、今はそうではありませんし曜子さんは同性の私から見ても美人ですから、繁華街を歩いているだけで男性から声をかけられるでしょう。つまり、何が言いたいかと言うと、心はともかく肉体的な寂しさを埋めることはいくらでもできると言うことです。

生死がわからない恋人の帰りを七年も待ち続けた曜子さんが、たとえお酒に酔った勢いで初めて会った男性と一夜を共にしたとしても、私は責めることができません。

むしろ私は、仮にそうだとしても、七年も寂しい想いをさせたお兄さんを責めたいです。

故に、問題でもなんでもありません。と、言い返したかったですが、飛鳥の迫力に屈して口をつぐんでしまいました。

「で？　どうなの？　曜子姉さん」

飛鳥は今にもテーブルを飛び越えて摑みかかりそうなくらい前のめりになって、曜子さんを問い詰めました。今の飛鳥の顔を見れば、私でも飛鳥が怒っているとわかります。

「……行ったって言ったら、どうする？」

そんな飛鳥に、曜子さんはあっけらかんと返しました。

曜子さんの返答を聞いた途端、飛鳥の顔は真っ赤に染まり、テーブルに添えていた両手に力がこもりました。

「あ、飛鳥……」

これは、止めるべきです。私と飛鳥が喧嘩をしているだけなら、明日の予定に支障はありません。ですが、強力な協力者である曜子さんに、ここでの不和が原因で離脱されでもしたら痛恨。大仙陵古墳への潜入に支障をきたすほどの大打撃になります。

「飛鳥！」

「だから！　リリーちゃんは黙っ……て!?」

私は飛鳥の口を、物理的に塞ぎました。

手段は手ではなく、唇を使って強引に。

不本意かつ屈辱的ですが、飛鳥は私のことを友人ではなく恋愛対象として見ているので、これは効果的な手段です。実際、飛鳥の体からは力が抜け、怒りも治まったように思えます。

「落ち着いてください。この旅は、お兄さんを見つけるためでしょう？　曜子さんを責めるためではありません」

「う、うん……。ごめん。ボク、どうかしてたよ」

内股になって不必要なほど前屈みになっているのが気になりますが、真っ赤になって両手で口元を押さえている様子を見るに、とりあえず飛鳥の怒りはおさまったようです。

誤算があったとすれば、曜子さんにキスシーンを撮影されてしまったことと、私自身が想像以上に動揺してしまったことです。

「は、話を戻します」

「かなり動揺しているようだけど、戻せる？」

「問題ありません。キ、キスなんて、英国では挨拶代わりですから。ええ、慣れたものですよ。本当に」

「はいはい。せいぜい、親とくらいしかしたことがないのはその反応ではわかったから、お茶でも飲んでクールダウンしなさい。あ、それとも、酒の方が良い？」

未成年にお酒を勧めるな不良弁護士。と、言う代わりに、お冷が入ったグラスを口元へ運びました。中身を一口飲むと、心なしか顔の火照りがひいた気がします。

「飛鳥も、いつまで口元押さえて目ぇ見開いてるの？　目、乾かない？」

「だ、だって曜子姉さん。リリーちゃんが、リリーちゃんがボクにキ、キ、キ……」

「キスくらいで大袈裟ねぇ……。そんななりして乙女か」

所謂、ギャル系の服装ですが、中身は乙女なのでしょう。少なくとも私は、正真正銘の乙女です。辞書に載っている通りの意味で乙女です。

「では、再度改めまして、話を戻します。かなり脱線してしまいましたので単刀直入に聞きますが、チンピラを使って私たちを妨害したのは何者ですか？」

「現時点ではわからない。が、答えよ。あの三人はあくまでも、歌舞伎町で恥をかかされた仕返しだと言っていたわ」

「曜子さんはそれを、信じたのですか？」

「私は新米とはいえ弁護士よ。嘘を言っている人もそうでない人も関係なく、依頼があれば弁護してきたわ。つまり、嘘をついているかどうかを見極める目はそれなりに養っているわけ。そんな私が、明らかに嘘をついているとしか思えない態度しかとらない三馬鹿の言うことを、信じるわけがないでしょう？」

「ですよね。では、いったい誰が……」

私たちの邪魔を？　そもそも、何のために邪魔を？

いいえ、後者は考えるまでもありませんね。お兄さんの捜索を邪魔するためです。何者かは、お兄さんを見つけてほしくないのです。それはつまり、飛鳥のお兄さんが生存している可能性は低いと示唆しています。

「可能性は、ゼロじゃないわ。だから、悲観するのはまだ早い。でしょ？　リリーちゃん」

「え、ええ、そうですね」

曜子さんは表情から、私が最も可能性が高いケースを想像していると察してフォローしてくれたみたいです。いえ、自分自身をフォローしたのかもしれません。

何故なら、曜子さんにとっては最悪のケースなのですから。

飛鳥は何か別のことを考えているらしく、私と曜子さんの会話は聞こえていないようです。そして聞こえていないままに、今までの会話とは関係ないことを口走りました。

「ねえ、リリーちゃん。水着って、持ってきてる？」

「は？　水着？　持ってきてるわけがないじゃないですか」

「だよね。それじゃあ明日、買いに行かなきゃね。それとも、今から行く？」

「意味がわかりません。どうして、水着が必要なのですか？」

「だって、潜るんでしょ？」

「潜りますが、ウェットスーツもレンタルしましたから、必要ありません」

「いいや、必要だね。リリーちゃんは、ウェットスーツの下は下着でいるつもり？

そんなわけないよね。だってウェットスーツはドライスーツとは逆で水がしみてくるじゃん。リリーちゃんは、下着がびしょ濡れになっても平気なの？」

「まあ……」

慣れていますから。とは、言わせてもらえませんでした。

飛鳥は「いや、そんなはずない！」と食い気味に私の言葉を遮り、「リリーちゃんはファッションに興味がなくて言動も可愛げがないうんちく好きの基本無表情な残念美少女だけど、下着がびしょ濡れになるのは我慢できないはずだよ！」と、失礼極まりないことを声高に力説し、「と、言う訳で、水着を買いに行きます。あ、心配しなくてもお金は全額、ボクがだすから」と、締め括りました。

「えっと、曜子さ……」

「黒ビキニ。これ以外は却下。百歩譲って、パレオは可」

鬼気迫る。という表現がピッタリ当てはまるように思える飛鳥から助けてもらおうとしましたが、曜子さんも乗り気になっているようです。さっきまではお兄さんのことで険悪になっていましたが、今は呆れてしまうほど邪な理由で険悪になりかけています。

「曜子姉さんはわかってないなぁ。幼児体型のリリーちゃんに似合うのは旧スク。これ一択だよ」

「旧スクとかマニアックすぎるでしょ。そもそも飛鳥は、実物を見たことあるの？あるわけないわよね。わたしでさえない……いや、待って。スクール水着は有りね。白スクとかどう？」

「良いね！　その発想はなかったよ！　うん。想像してみたけど、リリーちゃんに白スクは有りだね。腰まで届く黒髪と、白寄りの肌色を白スクが際立たせてるよ。もう、これ以外に選択肢はないって言いたくなるくらい、完璧に似合ってるよ」

腕を組んで瞳を閉じ、まるで熟考しているかのような飛鳥の頭の中では、私は白スクとやらを着せられているようです。いったい、白スクとはどんな水着なのでしょう。そう思った私は、スマートフォンで検索しました。

「いや、ないない。ありえませんよ。何ですか？　この水着は。これ、濡れたら透けるんじゃないですか？」

検索した結果わかったことは、白スクが性的搾取を目的に作られたとしか思えないということです。白い水着は多く存在しますが、これは布面積こそ多いものの、イラストや実物の写真を見る限り、それが目的としか思えません。つまりこの二人は、同性でありながら私を性的に搾取しようとしているのです。

「大丈夫よ、リリーちゃん。パットを入れれば、透けても平気だから」

「それ、逆に言えばパットを入れているところ以外は透けるということですよね？」

「曜子姉さんの言う通り。安心して、リリーちゃん。透けた白スクを着たリリーちゃんは、間違いなく魅力的だから」

「今の話のどこに安心しろと？」

「よし、そう決まれば曜子姉さん。行こうか」

「ええ、行きましょう。この時間なら、その手の店はもう開いているはずよ」

「まだ」ではなく「もう」ですか。接頭語が違うだけで、その前の言葉の意味がガラリと変わってしまう日本語は本当に不思議です。と、考えて現実逃避してしまうほど、二人の熱気が異様です。すでに目的は変わり、ウェットスーツの下に着る水着を買うためではなく、自分たちの欲望を叶えるために水着を買いに行こうとしています。

　ここは逃げるべきなのでしょうが、無理ですね。

　曜子さんは手早くお会計を済ませるなり飛鳥と一緒になって私の手を引っ張り、夜の大阪へ私を連れ出しました。

6

一般的なスキューバダイビングに必要な道具は、以下の通りです。

1、ダイビングマスク。2、スノーケル。3、フィンと呼ばれる足ヒレ。4、ウェットスーツまたはドライスーツ。今回は、ウェットスーツを使用します。5、ジャケット型BCD。6、レギュレーター。7、ダイビングタンク。8、ゲージ。9、ダイブコンピュータ。10、ウェイトベルト。11、ダイブブーツ。12、ダイブグローブ。

今回はそれらに加え、方位磁石と携帯用酸素濃度測定器、さらに念のために、マルチガス検知器とヘッドライト。BCDジャケットのポケットには、100円均一で購入した間に合わせではありますが、折っただけで化学反応により発光するケミカルライト数本と、遺跡内で松明を確保できたときのための防水マッチとランプオイル。非常時の救急医療キット。サバイバルナイフも携行します。

それは良いのですが……。

「曜子さん。これ、本当に着なければいけませんか？」

「それ以外に、水着はないわよ。ほら、飛鳥もビキニを着たんだから、リリーちゃんも諦めなさい」

「あ、はい」

目力が凄い。いざ着ようと目の前で広げた白スクを見て尻込みしてしまった私に、曜子さんは眼力だけで着るよう強制しています。

昨夜、明らかにスポーツ用品店ではないいかがわしいお店で私用の白スクを買った時は活き活きとしていた飛鳥を、「じゃあ、次は飛鳥の水着ね」と、言いながら際どすぎる青色を基調としたビキニ……所謂、マイクロビキニを勧めて絶望させた時と同じ目です。

「あ、飛鳥は、着替え終わったのですか？」

「飛鳥？　飛鳥ならとっくに着替え終わって、酸素ボンベまで背負ってるわよ？」

「え？　もう？」

なるほど。ビキニ姿を見られる前にウェットスーツを着込んで、見られないようにしたのですね。

まったく、飛鳥のクセに小癪な。

これでは私だけが、水着姿を鑑賞されてしまうではないです……はて？　装備を整えた飛鳥を見ていたら、何故か違和感のようなものを覚えました。飛鳥って、あんなにガッシリした体つきでしたか？　スレンダーなのは間違いないのですが、何と言うか、どちらかと言うと……。

「さあ、リリーちゃんも早く着替えて。さあ、さあ、さあ！」

「き、着替えますから、スマートフォンをしまってください！　写真を撮るつもりですか⁉」

「写真？　生ぬるい！　動画よ！　常識でしょう！」

「日本の常識を押し付けないでください！」

もう少しで違和感の正体がわかりそうだったのに、曜子さんのせいで考える時間がなくなりました。

曜子さんの車に避難して窓をタオル等で目隠しし、狭い車内で四苦八苦しながらなんとかウェットスーツまで着込んだ私は、次いで車外に並べておいた各種装備を身に付けました。

久しぶりにこの恰好をしましたが、やはり重いですね。日本に来てから、体育の授業以外でまともに運動をしていなかった弊害……いえ、遠回しに自己弁護するのはやめましょう。単なる運動不足です。こんなことになるのなら、最低限の運動は日常のルーティーンに組み込んでおけばよかったと後悔しています。

「リリーちゃんって、サービス精神の欠片もないのね。お姉さん、がっかりだわ」

「気のすむまでがっかりしていてください。ですが、出口付近で待機するのは忘れないでくださいね」

「わかってるから、安心しなさい。源右衛門山古墳だったわよね？」

「はい。おそらく、その付近に……」

出口があるはず。今の今まで、そう思っていました。

お兄さんの研究ノートの内容を信じるなら、入り口からほぼ真東にある源右衛門山古墳付近に出口がなければいけません。

ですが、嫌な感じがします。

頭の片隅に、何かが引っかかっているような気持ち悪さがあるのです。

「ねえねえ、リリーちゃん。素朴な疑問があるんだけど、良い？」

「あ、はい。なんですか？」

「今、スマホで地図を見てて思ったんだけど、どうしてゲン……ゲンなんちゃら古墳が出口なの？　真東なら、塚廻古墳じゃないの？」

「は？　どうしてそうなるのですか？」

「だって、丸い部分が北で四角い部分が南を向いてるんでしょ？　だったら、東は塚廻古墳になるじゃん」

馬鹿だ馬鹿だとは思っていましたが、地図の見方すら知らないとは思っていませんでした。曜子さんも私と同じ理由で呆れたのか、飛鳥のスマートフォンを指さしながら、「ほら、隅っこの方に方角を示すマークがあるでしょ？　だから、北はこっち」と、教えています。

まあ、形だけ見れば方角を誤認してもしかたがないとは思い……。

「いや、そういうことですか。誤認していたのはむしろ……。でも、確証がありません。もし、間違っていたら……」

「リリーちゃん、急に黙り込んじゃってどうかした？　あ、わかった。飛鳥が馬鹿なこと言ったもんだから、呆れを通り越して腹が立っちゃったんでしょ」

「いえ、そういうわけではありません。曜子さん。念のために、待機場所を二つの古墳の中間あたりに変更してください」

「それはかまわないけれど……」

不安はあります。以前の私だったら、飛鳥が言ったことなど気に留めず、ノートに従っていたと思います。

ですが今は、それでは駄目だと私の勘が告げているのです。

「では飛鳥、行きますよ」

「そうだね。行こう、リリーちゃん」

勘に後押しされるのは不本意ですが、それでも私は飛鳥と一緒に、曜子さんに見送られながら池へと歩き出しました。

第四章　無価値な財宝。

1

潜水開始から約五分。偶然を装った必然のように、お兄さんが開けたと思われる侵入口が開きっぱなしだったので、ここまで難なく来れました。斜めに下る水路を抜けた先に広がっていた、最初の関門だと否応なく思わされるこの、地下の水中広間まで。

(どうする?)

(少し、考えさせてください)

飛鳥のハンドサインに同じくハンドサインで返した私は、ヘッドライトに照らされて眼下に姿をあらわした二十八の穴……(一つは石の扉で塞がれていますが)を、観察しました。造りは全て同じ。直径約1・5メートルの丸い穴が、ドーム状になった広間の壁に等間隔で口を開いています。穴が文字通り円形なのは、最初から水路として造られたからでしょう。そうでなければ、円形にする理由がありません。

あからさまな分かれ道。最奥にあるのが財宝だとすると、正しい道は一つだけでしょう。そう、普通なら。

（リリーちゃん？）

（もう少し、待ってください）

飛鳥が視界を遮るように、逆さになって覗いてきたので、私はハンドサインで「Stay」と伝えました。

広間に着いてまだ一～二分のはずですが、飛鳥はすでに暇を持て余しているようで、無駄に泳ぎ回っています。私も飛鳥も、常日頃からダイビングをしているわけではないのですから、安全マージンを確保しつつ潜っていられる時間は最大でも一時間ほど。余計にボンベの中の酸素を消費させないよう、早めに進路を決定する必要があります。

（まあ、あそこまで丁寧なヒントがあれば、よほど無学でない限り、わかります）

塞がれていない二十七の水路の内の一つ。その上部に張り付けられた4㎡ほどの金と思われる金属の板に、「諸道尽富之路也。然、得生而至之者、唯一也」と彫られています。厚みまではわかりませんが、本当に金でできているなら、あの案内板だけでも財宝と言えるでしょう。

現代文に訳すと、「全ての道は富へと至る。ただし、生きてたどり着ける道は一つだけ」と言った感じになり……なんですか？　飛鳥が激しく、殴るような強さで右肩を叩いているのですが。

(痛い！　何なのですか？)

私は肩を叩く飛鳥の右手を払いのけ、ハンドサインで抗議しながら睨みました。飛鳥は私を見ずに、何かを探すようにしきりに頭を動かしています。

そしてハンドサインで……。

(ここ、何かいる)

と、伝えてきました。

そりゃあ、この広間は最低でも七年近く、上の外堀と繋がっていたのですから魚くらいは迷い込んで棲み着くなりしているでしょう。

実際、ここまでの道中でもブルーギルなどの小魚はいましたし、ふと見た先には、ブラックバスも優雅に泳いで……いや、待ってください。あのブラックバス、大きくありませんか？　いえ、絶対に大きい。

私はケミカルライトを一本取り出して折り、できるだけ遠くへ放りました。その光が捉えたブラックバスは、数ある入り口のすぐそばをなぞるように泳いでいます。

水路の入り口という基準があるため、ハッキリと大きさもわかります。入り口を丸々隠してなお余りあるあのブラックバスの全長は、およそ三メートル前後。たしか、ギネス記録に登録されている82・5㎝が記録上の最大個体だったはずですから、あれはその四倍近い大きさがあります。

あんな巨大な個体が、どうやってここに入ったのでしょう。まさか、ここに棲み着いたブラックバスが天敵のいないことをいいことに肥え太り、あそこまで巨大になったのですか？

（どうする？　逃げる？）

（逃げます）

ブラックバスは雑食性。あれほどの大きさになれば、人間だって捕食できるでしょう。

今は警戒しているのか、様子を見るように私たちの周りを遠巻きに泳いでいますが、襲われたら勝ち目はありません。

（こっちです。行きますよ）

私はハンドサインで、飛鳥に進む旨を伝え、金属板から時計回りに数えて七番目、塞がれた入り口の対面に位置する水路へと、ブラックバスを刺激しないようゆっくり進みました。

ですがあの巨大魚は、私たちを逃すつもりがないようです。

（リリーちゃん！　来た来た来た！）

ハンドサインで伝えなくても、ちゃんと見えています。とは返さずに、私たちは全力で泳ぎました。

ですが、所詮は人間と魚。いくら両足にフィンをつけていても水中でのスピード勝負で敵うはずもなく、私は左足に装着していたフィンに食いつかれました。

それでも焦らず、冷静に食いつかれた方のフィンをシューズから外せたのは、飛鳥が巨大魚の右目にサバイバルナイフを突き刺してくれたからです。

（そのまま行って！）

（わかりました）

そして、赤い血を煙のようにまき散らしながら水中をのたうっている巨大魚に背を向けて、水路へ飛び込みました。

（大丈夫？　怪我は？）

（私は大丈夫です。飛鳥は？）

（ボクも大丈……うぉ!?）

（あきらめの悪い魚ですね。その巨体では、入ってこれないでしょうに）

巨大魚は獲物を取り逃がしたからか、それとも片目を潰された怨みからか、水路に顔を突っ込んできました。まあ、水路の方が魚よりも小さいので、ハマってしまったようですが。

（こう見ると、ちょっと可愛いかも）

（馬鹿なことを言ってないで、先へ進みますよ）

ハンドサインで伝えるなり強引に飛鳥を引っ張って、入り口にハマったまま、なおも私たちを捕食しようとしているかのように身をよじらせ口をパクパクさせている巨大魚を尻目に、水路を進みました。

この水路を築いた人たちが、現代人と比べても遜色がないほどの知識と技術を持っていたのだと、驚嘆しながら。

恐怖もありました。巨大魚に食べられかけた恐怖とは、別の恐怖です。

あの水中広場でも、方位磁石は正常に動作していました。北を示していたと思われるあの金属板は、正確には北東にあったのです。つまり私が選んだ水路は、方位磁石を信じるなら間違い。ハズレのはずです。

それなのに何故か、私はこの路で合っていると確信できました。

そして泳ぐこと一分弱。上に向かって緩い弧を描く水路を進んだ先には、縦横約二メートル、奥行き五十メートルほどの空間……通路が伸びていました。

飛鳥にケミカルライトを通路の真ん中あたりへ放らせると、そのさらに先には水が満ちた水路の入り口が口を開けているのが確認できました。

「ふぅ～……。やっぱり、レギュレーターで息するのって、慣れてないとしんどいね」

「それには同意します。しますが、私が良いと合図するまでレギュレーターは外すなと、潜る前に注意しましたよね？　それなのに、合図を待たずに外そうとしましたよね？」

「ご、ごめん！　で、でも！　ちゃんと思いとどまったでしょ？」

「私が力ずくで、止めましたからね」

具体的には、殴る勢いで手で押さえて。ここは地下です。しかも、大昔に造られた地下空間です。通風孔があるとは限りませんし、有毒なガスが充満している可能性もあります。

だから、携帯用酸素濃度測定器とマルチガス検知器で安全を確認するまではレギュレーターを外すなと事前に警告していたのに、飛鳥は外そうとしました。

仮に、この空間の酸素濃度が正常値の21％を下回り、15％以下だったら一呼吸で意識を失ってしまいますし、有毒なガスが満ちていたらもっと酷いことになっていました。

「それにしても、あの魚にはビックリしたね。リリーちゃんなんて、食べられかけてたし」

「ええ、肝が冷えました。助けてくれて、ありがとうございます。飛鳥がいなかったら、私はあそこで死んでいたでしょう」

「ま、まあ、あれくらいは当然だよ。これからも、リリーちゃんはボクが守るから」

「期待しています」

　キョドりながらでなければもう少し頼もしかったのですが、それでも、「守る」と言ったときの飛鳥の目は真剣でした。

　それを見た私は不覚にも胸をときめかせてしまい、飛鳥の顔を正面から見れなくなってしまいました。そのせいか気まずくなって何も言えなくなってしまったのですが、私の状態を察したのか、飛鳥から話を振ってくれました。

「で、でもさ、やっぱりリリーちゃんは凄いね。あんなにいっぱい入り口があったのに、どうして正解がわかったの？」

「ヒントは過剰なほど、ありましたから」

「ヒント？　ボク、魚のインパクトが強すぎて覚えてないんだけど……あったっけ？」

「ありました」

ヒントは、お兄さんが研究ノートに記していた「西から東へ」と「鍵は二十八宿」の記述。

正直に言いますと、それと分かれ道の数さえあれば、金の延べ板のヒントなど必要ありませんでした。

「白虎が入り口で青龍が出口だと仮定すると、正解は房宿になります」

「ボウシュクって……何？」

「二十八宿で言うところの、昴宿の対面です。ああ、そうでした。飛鳥のことですから、二十八宿なんて知りませんよね。二十八宿とは、簡単に言うと天球を二十八のエリアに分割したものです」

「へぇ、そうなんだ。リリーちゃんって、本当に物知りだね」

明後日の方向を見ている様子を見るに、聞いても理解できなかったから褒めることで話を逸らそうとしたようですね。さすがに一週間近く一緒にいたら、表情と態度で飛鳥が何を考えているかを予想する精度が上がってきたように思えます。

まあ、それはとりあえず置いておくとして……。

「しかし、この通路を造った人たちは、本当に凄いですね」

「何が凄いの？　ボクには、ただの通路にしか見えないんだけど」

「ここは地下で、上には水があるのですよ？　それなのにどうして、この通路に水が満ちていないのだと思いますか？」

「え〜っと、そんなに不思議なことなの？」

「科学的に見れば、不思議でもなんでもありません。この通路に満ちた空気に押されて、水が入ってこれないだけですから」

　現代の建築技術ならば、造る必要はなくとも造るとなれば、比較的容易に造れると思います。緻密な計算も、コンピュータがあれば簡単ですから。ですがこの通路は、少なくとも千数百年前に造られたものです。仮に、他の二十六本のハズレ水路が同じ造りだとしたら、試行錯誤の末に造られたのではなく、緻密な計算を元にした精密な作業で造られたものです。

「四方の建材に用いられているのは、メインは御影石で隙間を銅鉱石と……これ、まさかカルセドニーですか？　え？　待ってください。まさか……」

　カルセドニーとは別名、玉髄と呼ばれる非常に細かい石英の結晶が網目状に集まって固まった鉱物の変種で、美しい物は宝石として扱われます。

「もし、ハズレの通路も同じ造りなら……」

「リリーちゃん？　顔が真っ青だけど、大丈夫？」

「大丈夫です。少し、嫌な予感がしただけですから」

と言って、飛鳥を誤魔化しましたが、これは予感ではなく、限りなく確信に近い予測です。

ですが、確かなことが一つだけ。これだけ大掛かりな仕掛けを造っているのなら……。

「財宝は、本当にあるのかもしれません」

私はお金に興味はありません。必要な物を必要な時に必要なだけ購入できるだけのお金があれば、それでかまいません。

なので、財宝自体に興味はありません。ですが、私の胸は高なっています。飛鳥にキスをした時以上に高鳴っています。

これは好奇心でしょうか。私はこの先にある、財宝と言う名の答えを期待しているのでしょうか。

お兄さんのノートを解読しただけですが、答えは知りたい。合っているかどうか確かめたい。だから、私の胸は高鳴っているのでしょうか。

2

「ね、ねえ、リリーちゃん。めちゃくちゃ暑くない？　ここ、地下だよね？」

「地下だから、暑いんです」

　飛鳥が暑いと言ったからではないですが、胸元に付けている温度計を確認しました。そこに表示されていた温度は37・5℃。外の気温が25℃でしたから、地温勾配の法則で逆算すると、再び水路を進んだ先に伸びていたこの通路は地下５００メートル前後の地点にあることになります。

「ウェットスーツ、脱いでいい？」

「出口も水路だと予想できますので、脱いでも上半身だけにしていてください。もちろん、機材は忘れず持ってきてくださいね」

「リリーちゃんは、脱がないの？」

「歩きにくいのでフィンくらいは手で持っていきますが、私は諸々の機材を抱えて持ち運べるほどの筋力はないので、暑いのを我慢します」

「ボク、持つよ？　だから、我慢することないよ？」

　どうして、そこまで私にウェットスーツを脱ぐよう勧めるのでしょうか。などと、考える必要はありませんね。物欲しそうに上目遣いをしながらウェットスーツを脱ごうとしている飛鳥は、私の水着が見たいのでしょう。

　ですが、理解に苦しみます。私は飛鳥と曜子さんが言うところ白スクを下に着ています。きっと、浸透した水のせいで透けているでしょう。

　ですが、私の身体は凹凸に乏しいので見ても面白くないはずです。

「水着が見たいのなら、自分のを見れば良いではないですか。たしか飛鳥の水着は、ビキニでしたよね？　あ、水着の上に黒いTシャツ？　自分だけ卑怯じゃないですか」

「だって、さすがにマイクロビキニは恥ずかしいし……。それにボクは、べつに水着が見たいわけじゃないよ。純粋に、リリーちゃんも暑いんじゃないかなーと思って……。あ、もしかして暗いから脱ぎにくい？　ケミカルライト出そうか？」

「この先に何があるかわからないのに、貴重な光源を無駄にしないでください。それと、余計な気遣いも結構。ほら、先を急ぎますよ」

　呑気と言うか欲望に正直と言うか、この先にどんな罠が仕掛けられているかわからない古代遺跡の中心部付近なのに、性欲を優先する飛鳥の神経が理解できません。

「ねえ、リリーちゃん。本当に脱がなくて良いの？　暑くない？」

「暑いですが、脱ぐほどではありません。それより、通路の先をちゃんと照らして、慎重に進んでください。どこにどんな罠が仕掛けられているか、わからないのですよ？」

と、注意はしましたが、最初の広間にあったヒントを信じて進んだ先の中間地点に何もありませんでしたから、この通路は当たり。罠はありません。あったとしても、命に係わるほどの罠はないはずです。

「最初の広間までが約五分。選択した水路から中継地点までが一分弱。その先の水路を泳ぎ切るまで、たしか二分弱……」

「何か、気になることがあるの？」

「気になると言いますか……。飛鳥はボンベ無しで、何分潜水できますか？　一分くらいですか？」

「ボンベ無しで？　う～ん……どうだろ。五十メートルくらいなら潜水だけで泳ぎ切れるけど、最高で何分潜っていられるかなんてやった事がないから、わかんないかな」

「そうですか」

たしか、素潜りの一般的な潜水時間は数十秒から数分間。酸素ボンベ無しでの潜水時間のギネス記録は、二十四分半ほどでしたか。日本の「海女さん」と呼ばれる人たちが、五分以上素潜りして漁をするという話も聞いたことがあります。

偏見に近いですが、古代の人が現代人よりもフィジカルが高かったとすると、素潜りでも十分に泳ぎ切れる距離に思えます。

「移動はそれで解決できますが、明かりの問題は解消できませんね」

「明かり？　たしかに真っ暗だったけど、ヘッドライトとケミカルライトでどうにかなったじゃん」

「それは正に、今あなたが言ったようにそれらが使えたからです。大昔に、こんな光源があったと思いますか？」

「そりゃあ、ないだろうけど……」

それの何が問題なのかわからない。とでも、言いたげな顔をしていますが、大問題です。

ここまでの道中、今もですが、光源がなければ真っ暗闇。一寸先どころか、目の前すら見えません。そんな状況で水中を進み、金属板に彫られたヒントを解読して正しい道を選ぶなど、いくらフィジカルに優れた古代の人でも不可能でしょう。

ですがこの遺跡……いえ、迷宮は、攻略できるように造られています。そうでなければ、ヒントなど設置する必要がありません。

「それなのに、通路が水で満たされているために松明などの火を使った光源が使えません。この迷宮を攻略するには、火に頼らない光源が必要になります。パッと思いつくのは、水と反応して発火するマグネシウムですが……」

単一の物質としてのマグネシウムは自然界に存在しないので、精製するためには炭酸マグネシウムを熱分解する必要があります。さらに、分解して酸化マグネシウムにしても、その状態では常温の水と反応しないためさらに単離する必要があるので、現実的ではありません。

「と、なると、考えられるのは二つ。この迷宮が造られた当時に、すでに水中でも光源を確保する方法があった。もしくは、それができるようになった頃に初めて攻略される前提で造られた。ですね」

前者は時代的に考えづらいですが、後者は十分にありえます。

なんとも気の長い話ですが、この迷宮を造った当時の人々は、人類の科学力が闇に包まれた水中でも明るく照らし出せるほど発展するのを期待したのです。

「などと考えている間に、着いたようですね。飛鳥、全体が見たいので、ケミカルライトを出して照らしてください」

飛鳥に指示を出しつつ、私もケミカルライトを一本出して発光させました。

その光に照らし出された飛鳥は、目の前の扉よりも左右に緩い弧をえがきながら伸びている通路の方が気になっているようで、無駄にキョロキョロしています。

「良いけど……。この扉の先が宝物庫なの？　左右にも通路が伸びてるし、入り口っぽいのもいっぱいあるよ？」

「おそらくですが、左右に伸びる通路は宝物庫の周りをグルリと一周、囲うように伸びているでしょう。等間隔に開いているのは、最初の広間から伸びていたハズレ水路の出口です。最初のヒントに、『全ての道は富へと至る』と書いてあったでしょう？」

「ボク、それ知らない。説明もされてない」

「あら、そうでしたか？」

言われてみると、あの時は水中だったので説明していませんでした。まあでも、あの時は説明しなかったのではなく、できなかったのですから私は悪くありません。

「と、言うことで行きますよ」

「何が『と、言うこと』なのかはわかんないけど、行くのは賛成。でもさ、この扉、どうやって開けるの？」

「鍵のようなものは見当たりませんし、押せば開くのでは？」

「いや、めちゃくちゃ重そうだよ？　片方だけでも百トンはありそうな石の扉だよ？　押した程度で開くとは思えないよ」

「百トンは大袈裟です。大雑把に、扉全体で約十八平方メートル。厚みは……叩いてみた感じだと、厚くても三十cmほどで……って、この扉、辰砂を含んでいますね。だとすると、扉全体の重さはざっと四十三トンです。それでも人力、しかも、たった一人で動かせる重さではありませんね」

「ねえ、今、一人って言った？　ボク一人で、これを開けさせるつもりだったの？」

「だって、飛鳥は肉体労働担当でしょう？」

「そ、そうだけど……」

「まあ、冗談はさておき、開ける方法を探しましょう」

「え？　開ける方法、あるの？」

「そりゃあ、ありますよ。そうでなければ、扉など造る必要がありません」

　重さそのものが鍵となって、入ろうとする者を拒む岩盤の扉。単純ですが、それ故に強固なセキュリティです。それでも、先に言った通り扉なのですから、開ける手段は絶対にあります。

「私がやったところで、もちろん、押しても引いてもビクともしませんね。中心にある取っ手のような突起を囲うように龍が彫られていますが、装飾でしょうか。他には、上部に亀……玄武ですか。と、すると、下部に彫られているのが朱雀で、左右が白虎と青龍。龍が一匹多くなってしまいますから、取っ手の装飾は黄龍でしょう。玄武と青龍の中間あたりに南斗六星が描かれていますが、どうしてそれだけ？　他のは？」

扉の周辺にも、仕掛けのようなものはなし。まさか、本当に力ずくで開けるのでしょうか。

いいえ、そんなはずはありません。飛鳥のお兄さんがこの先にいるのなら、一人でも開ける方法があるはずです。

「あら？　これは……」

扉と床の接地面に、わずかですが擦ったような跡があります。

まさかこれ、押戸ではなく引き戸？　ですがそれなら、擦り跡は真ん中から左右へ流れているはず。床についている跡は、扉のはしからはしへ、左から右に向かって流れています。

いいえ、そもそも、こんな重い物がスライドするなど……。

「リリーちゃん、どうしたの？」

「いえ、何と言いますか……」

　物は試しに、左手で取っ手を摑んで少し力を込めると、わずかに右へ動きました。扉の重さなどまったく感じないほどあっさりと、滑るように動いたのです。

「知られている当時の技術レベルを考えると、たしかに凄いです。感服いたしました。いかにも左右に割れますよと言わんばかりに中央を走る溝と取っ手を見れば、引き戸だなんてまず思いません。思い至ったとしても、中心の溝を挟んで左右に一つずつ取っ手があるので、左右に開くと考えるでしょう。単純ですが、人の先入観を利用した高度な仕掛けです。ええ、危うく騙されるところでしたよ」

「ねえ、リリーちゃん。口の端をヒクつかせながらブツブツと何か言ってるけど、開くんだよね？　この扉」

「ええ、開きますよ。引き戸になっていますので、左から右へ動かしてください」

「わかった。じゃあ、ちょっとコレ、持ってて」

　全力で押すためでしょう。飛鳥はケミカルライトを私に渡し、次いで持っていた各種装備を床に置いて、扉の左端に張り付くような体勢になりました。

　私はと言いますと、いくら光度を確保するためとはいえくの字に折れたケミカルライトを持った両手を掲げている様は、なんとも滑稽に思えます。これで両手を左右に振ろうものなら、飛鳥を応援しているように見えるのではないでしょうか。

「こう？　ん？　んん!?　ねえ、ビクともしないんだけど」

「そんなはずはありません。さっき、私がやったら動きましたよ？」

「でもさ、ほら、体重をかけても、動かないよ？」

「ふむ、たしかに」

飛鳥は再度、扉の左端に張り付いて力の限り押しています。それでも、私がほんの少し力を込めただけで動いた扉は、動く気配すらありません。

「中央に黄龍……。黄龍は中央を護るとされる、四神の長。五行説では黄は土行であり、割り当てられた方角は中央。つまり、黄龍が中央である宝物庫へ至るための目印。と、言うことは……」

私は飛鳥と交代して中央の取っ手を両手で摑み、右へと動かしました。

すると、さっきと同じようにほとんど抵抗を感じず、扉はスライドしました。

「あ、本当に動いた。でも、どうして？　ボクがやった時は、まったく動かなかったよ？」

「This is probably the case, but only when a vector from the centre to the right occurs, the lock-like object is removed and the door opens. It's really a great technology. From the bottom of my heart, I was impressed. I think it is impossible for today's engineers to build such an advanced and precise mechanism, even if they can draw a blueprint」

「あの、リリーちゃん？　ボク……」

「これ、おそらくですが、中央から右へ向かうベクトルが発生した場合のみ、ロック的なものが外れて扉が開くようになっているのでしょう。本当に素晴らしい技術です。心の底から、感心しました。これほど高度で精密な機構は、今の技術者では設計図は書けても造ることは不可能だと思います」

「あ、うん。わざわざ翻訳してくれて、ありがとう」

「どういたしまして。では、開けますよ」

たいして力を加えなくても、扉は重さを感じさせないほど滑らかに右の壁へと吸い込まれ、代わりとばかりに吹き始めた風が、私の背中を押しました。

その先には3メートルほどの通路が伸びていて、さらに奥は部屋になっているようです。

「飛鳥。本当に、行くのですか？」

「うん、行くよ。だってこの先に、お兄ちゃんがいるんでしょ?」

「ええ、おそらく」

「じゃあ、行こう。ゴールは、目の前だ」

私は、飛鳥を見くびっていたのかもしれません。

飛鳥はお兄さんが生きているなど、考えていません。ですが飛鳥は、生存を信じていたはずです。でも、今は違うのだと思います。いえ、この遺跡に侵入すると決まった時、もしかしたらもっと前から、飛鳥はお兄さんの死を確信していたのかもしれません。

だって、そうでしょう? ここは古代の地下迷宮。こんな場所で七年近く生き続けられる方法など、あるとは思えないのですから。

3

　およそ七年ぶりの兄妹の再会。それは、最悪の形で実現しました。

　予想していたからか、それとも覚悟していたからか、飛鳥は何も言わずに、入ってすぐ右の壁にもたれかかって眠っているお兄さんを見つめています。

「飛鳥。その人は本当に、お兄さんなのですか？」

「うん。ミイラになっちゃってるけど、お兄ちゃんで間違いないよ。だってこのメガネ、ボクがプレゼントしたものだもん。お兄ちゃんってさ、ボクがこれをプレゼントするまで、ダサい黒ぶちメガネしかかけなかったんだよ。だからさ、東京に出るんだから、お洒落なメガネの一つくらいは持っとけって……」

　そこまで言い終えると、飛鳥は再び黙ってしまいました。肩まで震わせ始めました。きっと、泣きたいのを必死に我慢しているのでしょう。

　我慢する必要などないのに。と、思いながら、私は飛鳥に背を向けました。そうすれば、素直に泣けるのではないかと考えたのです。

「自分で思っていたよりも、私のＥＱは高かったのですね」

確証は持てていませんが、飛鳥に限って言えば、私は彼女の気持ちがわかります。第三者目線で見るもう一人の私がいれば、それは表情や仕草から感情を予想しているだけだと鼻で笑うでしょうが、それでも私は、飛鳥の気持ちは理解できると言い返すでしょう。

「リリーちゃん。出口って、狭いのかな」

「それはまだ、わかりません。ですが、入り口と同じくらいの大きさはあると思いますから、お兄さんも一緒に……」

「いや、それはできないよ。何があるかわからないんだから、お兄ちゃんは連れて行けない」

「冷静な判断だと思いますが、飛鳥は、それで良いのですか？」

「うん。良いんだ。きっとお兄ちゃんは、危険を冒してまで連れて帰れなんて言わないよ」

出口がどうなっているかわからない以上、飛鳥の判断は正しいです。もし、ここにいる私が飛鳥と出会う前のままだったなら、有無を言わさず遺体は残して行けと言っていたと思います。

「飛鳥の判断は、全面的に支持します。でも、だったらせめて、何か遺品になるような物くらいは持って帰るべきではないですか？」

「遺品？　お兄ちゃんの？」

「はい。形見と言い換えてもかまいません。曜子さんにここでお兄さんが眠っていたと報せる意味でも、何か持ち帰るべきです」

「本当に、良いの？」

「本当です。何も持ち帰らないと言うなら、私は飛鳥を軽蔑します」

少しばかり、言葉がきつかったでしょうか。

飛鳥が今、どんな顔をしているのか気になります。振り返れば確認できますが、するのが怖い。もし仮に、飛鳥の不興を買っていたらと思うと怖くて振り返れないのです。

ですが私の心配は、飛鳥が「リリーちゃん、ありがとう。本当に、ありがとう」と言ってくれたことで杞憂と化しました。

「お兄ちゃん。このメガネ、持っていくね。大丈夫。ちゃんと、曜子姉さんに渡すから」

ああ、私はどうしてしまったのでしょう。飛鳥の言葉を聞いて、何故か目頭が熱くなってしまいました。

以前の私なら、絶対にありえなかった症状です。

飛鳥と出会う前の私なら、ＢＣＤジャケットに備えられたポケットの一つに、丁寧に遺品をしまう飛鳥を見たら、「余計な荷物を増やすな」と言っていたはずです。

「リリーちゃん、大丈夫？　辛そうな顔をしてるけど、もしかして具合が悪いの？」

「え？　いいえ、問題ありません。それより松明とか、ありませんか？」

「松明？　えっと……あ、あるよ。壁にかけてある」

「では、松明に火を付けてください。ケミカルライトとヘッドライトだけでは、この部屋の全容がわかりません」

「うん、わかった」

飛鳥は手近な壁にかけてあった松明にランプオイルをまぶして、防水マッチで火を付けました。その途端、ヘッドライトとケミカルライトだけでは照らしきれていなかった部屋の全貌が、明らかになりました。

「ねえ、リリーちゃん。本当にこれが、お兄ちゃんが探してた財宝なの？」

「ええ、間違いありません」

飛鳥の声から読み取れる感情は、落胆と戸惑い。

まあ、仕方ないでしょう。部屋の奥へ向かい、四列に七台ずつ並べられた三メートル四方の台座の上に堆く積み上げられた財宝を目にしたら、普通の人ならがっかりして当然です。私でさえ、目にした瞬間はあまりにも現実味がないせいで、誰かが仕掛けたイタズラなのではないかと疑ってしまいそうになりました。

そのさらに奥には、私たちが通ってきた扉と同じ大きさの扉。違うのは、文字が壁画のように彫られていることくらいでしょうか。その周りには複数の埴輪や土器が、何かしらの決まりに則っているかのように整然と並べられています。

「こんな物が財宝？　財宝って言ったら、普通は金とか銀とか、宝石なんじゃないの？」

「富や財宝と聞けば、普通はそうイメージするでしょうね」

きっと、昔の人もそうだったのでしょう。富と聞いて金銀財宝を思い浮かべ、その本質が理解されぬまま、マルコ・ポーロによって真実が歪められて伝わったのです。

正にお兄さんがノートに書き残した通り、世代間で伝言ゲームが行われた結果です。

「あれ、紙……だよね？」

「ええ、そうです。パピルスでも羊皮紙でもなく、私たちがよく知る紙です。見た限りだと、現代の和紙に近いように思えます」

私と飛鳥が目にしている財宝は紙。本でも巻物でもなく、10㎝×20㎝ほどの大きさに切り揃えられた紙の束。もっと具体的に何かに例えるなら、札束が適当でしょう。百枚ほどで一纏めにされた札束が何百、何千、何万束も、ピラミッドの如く積み上げられています。

「お兄さんの気持ちが、少しだけわかりました。これはたしかに、歴史が覆ってしまいます」

「そんなに凄いの？　ボクには価値が、さっぱりわかんないんだけど」

「今の時点では、金銭的な価値はありません。ですが、歴史的な価値は計り知れません」

「へえ、そうなんだ。でもさ、ここって千年以上前の遺跡でしょ？　紙って、そんなにもつ物なの？」

「アレが和紙に近い物という前提で話しますが、和紙は保存環境次第で数百年以上もちます。ここは地下なので直射日光や紫外線はもちろん届きませんし、温度計で確認したところ、外の通路と比べて室温と湿度が低いです。故に宝物庫内は低温かつ、乾燥していたと推察できます。さらに、扉を開けた際に外へ向かってではなく内に空気が流れたことから、室内は気圧差を利用して限りなく真空に近い状態にされていた可能性もあります。まあ、どうやってそんなことを実現したのかは、室内をもっと詳しく調べてみないとわかりませんけどね……って、どうかしましたか？　私の顔に、何かついていますか？」

「いやぁ、またいつもみたいに、頭の中だけで解説するつもりだと思ってたから、驚いちゃって」

失礼な。纏向遺跡を見た後も、ちゃんと声に出して説明してあげたでしょう？　と、答える代わりに、私は財宝から飛鳥へと視線を移しました。

「本当かなぁ〜」と、聞こえてきそうなほど疑っているのが目に見えてわかる表情をしていることに少し苛つきましたが、深呼吸をして気持ちを静め、説明を続けることにしました。

「飛鳥は、紙が発明されたのがいつか……知ってるわけありませんでしたね。ごめんなさい。あなたがお馬鹿なのを、失念していました」

「ねえ、そこでボクをディスる必要ある？」

「ただの意趣返しなので、お気になさらず。では、説明を続けます。ここで言う紙とは、目の前にある物のように植物の繊維やその他の繊維を膠着させて製造した物を指します。このような、今の時代で身近な形態の紙が発明されたのは紀元前１５０年ごろの中国です。製造法が確立されたのはそのさらに後で、紀元105年ごろ。日本に伝わったのはたしか……七世紀だったはずです。それよりも前に日本独自の紙が発明され、しかも量産できたことだけでも、既存の常識が変わってしまうほどの大発見です」

「七世紀って、何年位前？」

え？　そこから説明しないといけないのですか？　とは言わず、飛鳥の言葉を無視して続けます。

「ですが、本当に凄いのは紙の発明、量産ではありません。この上にある大仙陵古墳が造られたのは、五世紀前半から半ば頃と言われています。この時点で辻褄が合っていませんが、ここにはさらに、それを狂わせる物があります。それが何か、わかりますか？」

「台に乗ってる紙の束じゃないの？」

「それはもちろんですが、私が言っているのは最奥にある埴輪や土器です。アレらは形状から明らかに、日本で言う奈良時代より以前、弥生時代どころか、縄文時代の物と推測できる特徴が見られる物が多々あります。古墳が作られたとされる年代と副葬品の年代が数百年、千数百年もズレているのです。この意味、わかりますか？」

「わかんない」

　そうでしょうね。さきほどまでの説明すら理解できていないことも、これからする説明を理解できないことも、冷や汗をダラダラと流して視線をあちこちにさ迷わせている様を見ればわかります。が、説明は続けます。

「上の古墳の本来の目的が墓ではなく、この地下室を人の目から隠すためのカモフラージュ。もっと大仰に言うなら、封印だった可能性が出てきたのです」

「封印？　何のために？」

「早すぎたからです」

「早すぎた？　何が？」

「この財宝……いえ、通貨制度が、です。この紙束……いえ、もう札束と呼びましょう。は、紙幣として製造、量産されたと推察できます。その理由は、札束に描かれた図柄。台座ごとに、違う図柄と数字のような文字が描かれた札束が積まれています。しかも、ここから確認できる限りでは手書きではなく、判を押したように正確で均一。版画で描かれたのだとしても驚愕に値しますが、もし、活版印刷技術までこの頃に確立していたとしたら、学会どころか世界中が混乱するほどの大発見です。ですがそれは、副次的なもの。本当に凄いのは、これが造られたのが西暦百年前後。古墳時代以前から初期の時代に、そのような制度を作れるほどの思想があったことです。実際に施行されなかった理由はおそらく、紙幣を通貨として流通させるための制度を、当時の人が理解できなかったからでしょう。それは知識と言うよりも、教育の偏りがあったことの証左でもあります」

「えっと、つまり……」

「あなたにもわかるよう簡単に言いますと、これを造った人たち以外はこれを通貨、お金だと理解できなかったのです。ですが紙は、知られている当時の技術レベルを考えれば高級品。通貨として流通させることに失敗しても、捨てることができなかった。これが、ここに保管されている理由の一つ目だと思います」

「一つ目？　他にもあるの？」

「はい。二つ目は、後の人たちへの遺産として、です。それは明確に、壁に書き残されています」

「あの、ミミズがのたくったような模様？　あれ、文字だったの？」

「アレは漢字の伝来以前にこの国で用いられていたとされる、神代文字の一種でしょう。メソポタミア文明で使用されていた楔形文字と似ていたので、解読できました」

どうして、当時の権力者があのような言葉を残したのか理解できません。

私が知る権力者像と、かけ離れているからでしょうか。それとも、私に他者を思いやる心がないからでしょうか。悩むまでもありませんでしたね。後者です。

私は赤の他人、自分と比べたら正しく有象無象と呼ぶべき人たちのためにこれほどの財宝と言葉を残した当時の人たちの気持ちが、文章から汲み取れないのです。

「意訳すると、こう書かれています。『この富も、富を生み出す術も、全ては民のため。民の平穏と、幸福のために使え』と。まったく、昔の人の考えは……」

「理解できません。って、感じ？」

「え？　ええ、そうです。顔に、出ていましたか？」

「うん、バッチリと」

「飛鳥は、わかりますか？」

「昔の王様が優しい人だったってことくらいは、わかったよ」

「優しい？」

「そう、優しい人。従ってくれる人がいなきゃ、王様になんてなれないでしょ？　だから、これを残した王様は、自分を王様にしてくれた人たちに感謝して、大切にしてたんだよ」

「それは、ただの打算では……」

「思い遣りだよ。間違いない。今の偉い人を見ればわかるでしょ？　強欲な王様なら、自分のお金を遺したりしないよ」

飛鳥はたいして考えずに言ったのでしょうが、単純ながらも真理だと納得させられてしまいました。現代の権力者や金持ちが、身内ならともかく赤の他人のために莫大な財産を遺そうなどとは、間違っても考えないでしょう。

何故なら、私腹を肥やすことに注力しているような人しかいないからです。いるかもしれませんよ？　世界は広いですから、もしかしたら赤の他人に財産を分け与える人もいるかもしれません。ですが私は知りませんので、そんな人と知り合うまではいないと断言できます。

「リリーちゃん」

「あ、はい。すみません。少し、考え事をしていました。目的は果たしましたし、脱出……」

「違う。誰か、いる」

「人が？　ここには、私たち以外は誰も……」

いないはずです。

正解の水路も、巨大魚が詰まって通れないはずなので、もし誰か、例えばMr.三足があとをつけてきていたのだとしても、ここへ辿り着くにはハズレの水路を通るしかありません。

どんな罠が仕掛けられているかわからないハズレの通路を、です。

「いるんでしょ？　出てきなよ」

いるわけがない。飛鳥の気のせいです。

もし、何者かがいるとするなら、オカルトは信じていませんが幽霊の類。そう考えたら背筋が冷たくなってしまい、私を護るように左手を水平に挙げた飛鳥の背中に隠れてしまいました。そんな私を嘲笑うかのように、入り口に人影が現れました。

4

パチ、パチ、パチと、やる気の感じられない拍手の音が十数回、室内に響きました。

松明の灯りに照らされて明らかになった拍手の発生源は、ダイビング用の装備に身を包んだ藤邑教授でした。

「いや、さすがだ。見事な考察だったよ。さすがは、ロンドン考古協会の奇人と呼ばれたシャーウッド教授のご息女だ」

「褒められている気がしませんね。馬鹿にしていませんか？」

「褒めているさ。クリストファー・シャーウッド教授は奇人、変人の類だが、知識の幅は多岐にわたり、深さも専門家を上回ると言われている。ヴェルニアンであることを除けば、本当に尊敬できる人物だよ」

「父がヴェルニアン？　それは誤解です。父はアトランティスの実在を信じて探しているだけで、ヴェルニアンではありません」

「それは失礼。どうやら彼の噂が、日本ではねじ曲がって伝わっていたようだ」

ちなみにヴェルニアンとは、地底旅行や海底二万里、神秘の島などを書いたフランスのSF小説家である、ジュール・ヴェルヌを尊敬する人たちの総称です。拗らせすぎている人は小説の内容を事実だと信じ込んで、地底世界や神秘の島などの存在を信じているのだとか。それが、アトランティスの存在を信じて探し続けている父と結びついて、ヴェルニアンだと誤解されてしまったのでしょう。

「飛鳥のお兄さんを殺したのは、あなたですね？」

「単刀直入すぎやしないかな？　今は推理小説で言うなら、探偵が集まった関係者の前で推理を披露して謎を解き明かす場面だ。君はホームズの本場であるイギリスで生まれたのに、セオリーを無視するのかな？　それとも、イギリス人は会話の脈絡を気にしないのかい？」

「無駄を省いただけです。お望みなら、披露しましょうか？　見様見真似ですが、ホームズの本場である英国で活躍している日本人探偵譲りの、推理ショーを」

殺人事件に居合わせて、推理ショーの果てに犯人を言い当てる探偵など、白馬の王子様と同レベルの空想生物です。実在しません。と、幼い頃は思っていました。

そんな幼い私の価値観を１８０度変えてしまったのは、他ならぬマムでした。マムは日本人でありながら、渡英から半年足らずでスコットランドヤード御用達とまで呼ばれるようになった名探偵。私も実際に、マムが事件を解決する場面に遭遇したことがあります。

その時のマムは、本当にかっこ良かったです。

私のように誰かの背中に隠れたりせず、自分よりもはるかに大柄な人たちを前に微塵も臆さずに推理を披露するマムに、幼い頃は憧れに近い感情を抱いていました。

もっとも、当時はまさか、自分が似たような真似をする羽目になるとは夢にも思っていませんでしたが。

「今、この場にいる。この動かしようのない事実が、あなたが飛鳥のお兄さん。三船弥生氏殺害の犯人である証拠の一つです。ああ、断っておきますが、もちろん状況証拠です」

私は飛鳥の背中から出ながら、ジャブ代わりに一つ目の証拠を挙げました。

顔色に変化は……ありませんね。まるで、何を言われても否定する気がないかのように、余裕に満ちているように見えます。

「藤邑教授。あなたは、ここへ来るのは初めてではありませんね？　飛鳥のお兄さんと、一緒に来たことがあるのではないですか？」

「ほう？　どうして、そう思ったのかね？」

「飛鳥のお兄さんが、後ろから首を絞められて殺害されていたからです。あなたは男性にしては身長が低め。お兄さんよりも低いですから、おそらく背負うようにして絞殺したのでしょう」

脳内に記録した飛鳥のお兄さんの遺体には、首を絞められた跡がありました。しかも、顎下から後頭部へ向けて斜めに。科学鑑定をすれば、お兄さんが着ているダイビングスーツから何かしら別の繊維が検出されるはずです。

「もちろん、あなたが以前、具体的に言うならお兄さんが消息を絶った時期と同時期……いえ、遠回しに言うのはやめましょう。同じ日に、ここへ一緒に来たと断定できる証拠もあります。それが何なのか、説明する必要はありますか？」

「ダイビングショップだね。調べれば、すぐにわかることだ」

「その通りです」

私たちも道具をレンタルしたダイビングショップに、記録が残されていました。しかも、当初はレンタルだったのに、後に一人分の用具一式を買い取った人の名前もしっかりと。

「あなたはおよそ七年前、飛鳥のお兄さんと一緒にこの遺跡を探索したのです。ここからは想像でしかありませんが、お兄さんの研究に興味を持ったあなたは、共同研究を持ちかけたのではありませんか？　もしかしたら、必要な資金の提供をさりげなく申し出るくらいはしたのかもしれません。東大生とはいえ実績もなく、金銭的にも余裕があったとは思えない一学生にとって、あなたの申し出は魅力的だったでしょう」

その結果、お兄さんは命を失うことになってしまいました。飛鳥の前に出てしまったので、飛鳥が今どんな様子なのかはわかりませんが、藤邑教授は腕を組んで不敵な笑みを浮べています。「だからどうした？」と、言わんばかりの態度です。

「でも、リリーちゃん。この人、どうやってここまで来たの？　ボクたちが通った水路は、ブラックバスが塞いじゃったはずだよ？　ハズレの道を通ってきたの？」

「その通りです。初めてここへ来たとき、教授はお兄さんとともに、私たちが通った水路から数えて三つ手前から侵入したのです」

「でもその道、ハズレなんでしょ？　どうしてこの人、無事なの？」

「罠の内容を知っていたからです。ハズレの道に仕掛けられた罠とは、有毒ガスの類だったのだと予想できます。ならば、外気に頼らず呼吸する手段があれば、突破できます」

予想と断りましたが、私は確信しています。

私と飛鳥が通ったルート以外には有毒ガス、しかも、可燃性のガスが充満していたはずです。そうでなければ、あのような通路を造るわけがありません。

「うん、正解だ。最初は君たちの後をこっそり付いて行こうとしていたが、七年前にはいなかったあの化け物のせいでそれができなくてね。しかたなく、以前使った通路を通ってきたんだ。正直、気が気じゃなかったよ。レギュレーター無しで呼吸したら、即死は免れないだろうからね」

肩を竦めて「やれやれ」と言わんばかりの態度ですが、その余裕が癇に障ります。私たちを生かして帰すつもりがないのは、私の推理を聞いても否定の言葉を一つも吐かない事からわかります。

わからないのはお兄さんを含め、自分以外の侵入者を殺そうとする理由です。

「あなたはこの発見を、一人占めしたいのですか？　折を見て自分一人の発見として発表するためにお兄さんを殺害し、今度は私たちを殺そうとしているのですか？」

「君は外国人なのに、日本語が堪能だね。昨今の若者よりも日本語が上手だ」

「茶化さなくても良いですから、答えてください」

藤邑教授は、私の推理を否定しませんでした。

その最大の理由は殺して口封じをするからなのでしょうが、そうまでする理由、動機がわかりません。一応は、藤邑教授が最も利益を得られそうな動機を言ってみましたが、口元を押さえて笑いをこらえている教授を見れば、見当違いだったのは明白です。

「わたしの祖父は、日系二世のアメリカ人でね。太平洋戦争終結後、通訳として来日したんだ」

「あなたの出自には、興味がないのですが？」

「君は頭が良すぎるせいか、結論を逸る癖があるようだね。今は三船君殺害の犯人であるわたしが動機を告白しているシーンなんだから、黙って聞きたまえ」

偉そうに……。とは思いましたが、私は口を閉じることで続きを促しました。

背後の飛鳥も、口をはさむつもりはないようです。

「よろしい。では、続けよう。君はわたしと会った際に、『占領軍の一部隊が大仙陵古墳を調査した』と、言っていたね？　あの時は都市伝説の類だと誤魔化したが、事実だ。アメリカは、この宝物庫のことを知っている。そして当時の日本政府に、ここを調査するなと厳命した。その理由が、君にはわかるかい？」

「予想ならできます」

「ほう？　聞こうじゃないか」

「今の日本人からは想像もつきませんが、戦争当時の日本人は国のために喜んで死ぬような人たちだったと聞いています。アメリカは、既存の歴史が書き換わるレベルの偉業を日本が成していたと知ることで、原爆を使ってまで折った戦意が再び燃え上がるのを恐れたのはないですか？」

「おおむね、正解だ。当時の日本人は、フィジカルよりもメンタルが化け物だったからね。些細なことでも起爆剤になりかねなかった。精神が肉体を凌駕するなんて現象が創作物の中だけのことになって久しいが、昔の日本人はそれを当たり前のようにやっていたんだよ。そんな日本人が、ここの存在を知ったらどうなる。せっかく終わった戦争がまた始まってしまう。それを危惧したGHQはここの存在を隠蔽し、調査も禁止した。しかも、わたしの祖父他数名に、ここの監視まで命じたんだ」

「なるほど。つまりあなたは、会ったこともない人の命令を愚直に守っているのですね。その結果、限りある資料を参考にしてここまでたどり着いた教え子を殺害した……ですか。呆れ果てて、これ以上の言葉が見つかりません。本当に……」

馬鹿じゃないんですか？　飛鳥とはベクトルが違う馬鹿です。

教授が語ったことが事実だと仮定しても、八十年も前のことです。GHQはとっくの昔になくなっていますから、いくら直接命令された人の子孫でも関係ありません。そんな命令を日本政府にしていることを、アメリカだって忘れているかも……いえ、そう言えば、上にある古墳は今でも調査不可でしたね。と、言うことは命令は生きている？

いえいえ、それでもやっぱり、関係ありません。

藤邑教授は現役の東大教授。昨今は、ＳＮＳなどで一般人でも手軽に情報を発信できる時代です。すっとぼけて、自身の発見として発表してしまえばよかったのです。そうすれば歴史学者、または考古学者として名を馳せることができたでしょうに。

「馬鹿ですね」

おっと、ついつい感情が、口から漏れ出てしまいました。ですが、後悔はしていません。私の目の前でふんぞり返っている彼は、正真正銘の愚か者です。

「君はまだ若い。家のしがらみに反発したい年頃だろう」

「だから、何ですか？　だからあなたは、しがらみに従って教え子を殺害したことを、正当化したいのですか？　だとしたら、救いようのない大馬鹿者です」

家のしがらみ？　それくらい、私にだってあります。

父は現役の考古学者で、しかも母校で教鞭をとっていて、英国にいた頃は持論を無理矢理聞かされるだけでなく手伝いまでさせられていました。母は私を探偵にでもしたかったのか、情報収集の仕方や推理の組み立て方を、寝物語の代わりに私に聞かせて時代遅れの躾も施しました。両親が私をどうしたかったのかは今もわかりませんが、私の趣味嗜好や思考パターンは両親の影響を受けています。立派なしがらみです。しがらみに縛られ続けています。大学で物理学を専攻したのも、私なりの反抗だったのでしょう。

だからこそ、私はあなたを大馬鹿者だと断言できるのです。

「いい歳をして情けない……。あなたは人形と、大差ありません」

「小娘が、言ってくれるじゃないか」

藤邑教授は、腰から何かを引き抜きました。形状からして拳銃……私の脳内図書館の検索結果によると、トカレフＴＴ33ですね。古い銃ですがそれ故に安く、日本でもその筋に相談すれば比較的手軽に入手可能……だと思われる旧ソビエト連邦製の拳銃です。

「リリーちゃん、ボクの後ろに」

銃口から私を隠すように、飛鳥が前に出ました。

歌舞伎町でチンピラ三人を手玉に取ったように、暴力でどうにかするつもりなのでしょうか。ですが、藤邑教授と飛鳥は軽く五～六メートルは距離が開いています。

射程と言う絶対的なアドバンテージを、飛鳥はどうやって埋めるつもりなのでしょう。

5

何をするつもりなのかと思ったら、飛鳥は拳銃を構える教授の前でTシャツを脱ぎ捨て、次いでビキニを外して投げ捨てました。

殺すつもりだったとはいえ、現役の女子高生が自ら乳房を見せつけているのですから、色仕掛けや命乞いを疑いつつも、男性である教授からしたらラッキーの一言に尽きるでしょう。実際、顔もにやけて……いない？　飛鳥がビキニを投げ捨てるなり、いぶかしむような表情になった教授の顔は次いで驚愕に変わり、今では汚物でも見ているかのように歪んでいます。

「なっ……！　お前！　お、お、おぉぉ!?」

飛鳥の胸を見て狼狽した教授は、拳銃を構えるのも忘れて後ずさろうと腰を引きました。

それを待っていたかのように飛鳥はたった一歩で教授のすぐそばまで接近し、同時に右脚を跳ね上げました。

飛鳥の右脚は何かが潰れたような生々しい音とともに教授の股間にめり込み、その瞬間、声にならない悲鳴を、拳銃が床に落ちる音とともに聞いたような気がしました。

私には男性特有の器官がないのでわかりませんが、両手で股間を押さえてうずくまり、苦痛に顔を歪ませている藤邑教授を見る限り、動けなくなるほどの痛みであることは理解できました。そんな教授とは対照的に、飛鳥は優雅に右脚をおろすなり教授が落とした拳銃を部屋の隅へと蹴り飛ばしました。

そして静かに、深く、「すぅぅ……」と息を吸い、次の瞬間には両目を限界まで見開いて、ひょっとこのように唇をすぼませて「ひゅっ！　ひゅっ！」と、変な呼吸をして痛みに耐えている教授の後頭部へ左の踵を振り下ろしました。

「あ、飛鳥、そのくらいで……」

やめなさい。と、言おうとしました。ですが、言い切ることができませんでした。教授の後頭部を踏みつけて見下ろす飛鳥の瞳に、気圧されたからです。

「安心して良いよ。半殺しで、我慢するから」

私を一瞥すらせずにそう言った飛鳥は、踏みつけていた足をどかせる代わりに襟首を掴んで、教授を軽々と持ち上げました。

飛鳥の細腕のどこにそんな筋力が？　と、一瞬思いましたが、その疑問は飛鳥の行動でかき消されました。

　私は格闘技に詳しくはないので、飛鳥が何をしているのかよくわかりません。私の目には、ただただ殴ったり、蹴っているようにしか見えないのです。

　それなのに、教授は倒れません。支えなど何もないのに、棒立ちのまま飛鳥の攻めを受け続けています。人体の構造や物理的な観点から見れば、あり得ない光景です。

「飛鳥、あの……」

　家族を殺害した犯人を目の前にしたら、誰もが飛鳥のようになるのでしょうか。表情に出るほど感情豊かで、活発で快活な飛鳥の顔が氷のように冷めきり、機械のように淡々と、作業のように人を痛めつけるだけの機械になるのでしょうか。

「ごめん。嫌なもの、見せちゃったね」

「い、いえ、気持ちは、わからなくもないですから」

　嘘です。まったくわかりません。

　膝から崩れ落ちて動かなくなるまでお兄さんの仇を痛めつけたはずなのに、まったく満足しているように見えないあなたが怖いから、矛先が私に向かないように当たり障りのない事を言っただけです。

「ボクのこと、怖い？」

「い、いえ、そんなことは……」

しくじりました。私としたことが、言葉を選ぶことに気を取られ過ぎたせいで感情が顔に出てしまっていたようです。

怒らせてしまったでしょうか。もし飛鳥を怒らせて、発散しきれなかった怒りをこちらに向けられたら、私には為す術がありません。最悪の場合、教授のようにされてしまいます。

「ははは、やっぱり怖いよね」

「だから、怖くは……」

どうやら、私に何かするつもりはないようですね。飛鳥はピクピクと、弱々しく痙攣する藤邑教授を気にする様子もなくウェットスーツを着直しながら、ばつが悪そうに笑っています。機嫌が直ったのでしょうか。

いえ、違います。笑ってはいますが、なぜか悲しんでいるように見えます。

「じゃ、じゃあ、とりあえず外に出ようか」

「え、ええ、そうですね。いいかげん、外の空気を吸いたいですし」

話題を変えた。と、言うよりは私を気遣ってくれたのでしょう。

自分はグチャグチャになっている感情を必死に制御しようとしているような顔をし

ているのに私を気遣うなんて、飛鳥のくせに生意気です。

「と、以前の私なら、口にしていたのでしょうね」

「ん？　何か言った？」

「いえ、何も。それより、教授は飛鳥が運んでくださいね」

「え？　あのオッサンも、連れて帰るの？」

「お兄さん殺害の犯人なのですから、当たり前じゃないですか。出口を確認して、リスクがなかったら連れて帰って、警察に突き出します」

飛鳥が散々殴ったり蹴ったりしたせいで顔は原型を留めていませんが、教授の指紋付きの拳銃を証拠として提出すれば、正当防衛が成立して飛鳥が罪に問われることはないかもしれません。そこは曜子さんに任せておけば上手くやって……。

「あら？　飛鳥、教授はどこへ？」

「そこにいない？　って、いないね。どこに……」

あれだけ痛めつけられて、満足に動けるとは思えません。

這って行ける程度の距離にいるはずなのに、教授の姿は見えません。

台座の陰に隠れている？　そう思い至った私は、教授が落とした拳銃を探しました。

拳銃は部屋の隅に転がったままのようですね。ですが、もう一丁持っていた可能性もあります。姿を見失っている今、銃撃されたらひとたまりもありません。

「あ！　いた！」

飛鳥が叫ぶと同時に指さした方へ目をやると、教授は入り口側から見て左から二列目、五番目の台座に寄りかかるように立っていました。拳銃は……持っていないようですね。

ん？　二列目、五番目の台座？　あ、そういうことですか。扉に描かれていた南斗六星の意味が、やっとわかりました。

「やめなさい！　その台座は……！」

二十八宿は、曜日や日の十二支にも密接に関係します。入り口が西に位置していたために今の今まで気づけませんでしたが、台座は四列七台で並べられているのではなく、本当は七列四台。列は曜日を示し、台数は支を表していたのです。

それに則ると、今正に教授が崩そうとしている台に相当するのは、北方玄武七星宿の大一宿である斗宿。玄武の尾である蛇に相当します。

あまり知られていませんが、玄武は冥界と現世を往来して神託を持ち帰ると信じられていたことから暗闇を司っているとされていて、盗難や多淫などをあらわします。

そして蛇は、生殖と繁殖の象徴。それを崩すと言うことは、反転して死を意味することになります。つまり、斗宿に相当するあの台に載った財宝を盗み、動かすことは、トラップの発動と同義なのです。

「飛鳥！　すぐにボンベを装着してくだ……！」

「もう、遅い！」

飛鳥に指示するよりも早く、教授が台上の札束の山を盛大に崩しました。

その途端、小さな揺れが発生しました。それは波紋が広がるように、外へ外へと広がるように揺れています。

「さあ、どうする？　森に遣わされたロビン・フッド。古代のトラップが発動した今、そう時間を置かずに、ここは崩れてしまうぞ？」

森に遣わされたロビン・フッド？　妙な呼び方ですね。私のファミリーネームから連想したのでしょうか。どうして藤邑教授が私をそう呼んだのか問い質したいところですが、この状況ですることではありません。

「逃げるに決まっています。飛鳥、用意はできましたか？」

「うん！　ばっちり！」

私と飛鳥は教授に妨害されないよう警戒しながら横を走り抜けて、宝物庫の最奥にある扉を開きました。開いた先には、入り口と同じように通路が伸びています。

違うのは、入り口よりも通路が長く、左右に伸びているはずの外周の通路とは繋がっていないことくらいでしょうか。

「リリーちゃん！　あのオッサンは……！」

「あの人に、脱出するつもりなんてありません！　それよりも、急いでください！　いくら出口とはいえ、崩落の影響がないとは限りません！」

バランスが取れなくなるので私はフィンを捨てましたが、飛鳥は両足に装着しているため走りにくそうにしています。そんな飛鳥を急かして走り抜けた通路の先は、侵入口と同じように水路になっていました。今も揺れは続き、激しさを増しています。

「リリーちゃん！　手を！　ボクが引っ張る！」

「はい！」

差し出された右手を摑んだ私はレギュレーターを咥え、同じくレギュレーターを装着した飛鳥と一緒に、水路へ飛び込みました。

6

「し、死ぬかと思った」

「ど、同意します。目の前に崩れた外壁が落ちてきたときなど、走馬灯を見てしまいました」

「あのときは焦ったな〜……。咄嗟にリリーちゃんを庇ったら、ボクの酸素ボンベに穴が空いちゃってさ」

「たしかに、アレは焦りましたね。でも、飛鳥は慌てずにボンベを捨てたじゃないですか。あのままボンベに固執していたら、きっと脱出は間に合いませんでした」

「リリーちゃんがいたからだよ。リリーちゃんならきっと、ボクにも酸素を分けてくれるって信じてたからね。か、間接キスには、なっちゃったけど」

「べつに、私は気にしません。そもそも非常時でしたし、私を庇った結果なのですから当然です」

飛鳥に引っ張ってもらってなんとか脱出した私たちは、外堀から這い上がってしばらく歩いた後に草むらに尻もちをついて、感想を言い合ってしまいました。

内堀を挟んで見える古墳の形状的に、ここから最も近いのは塚廻古墳ですね。

「揺れ、続いてるね」

「おそらく、ハズレ通路内の可燃性ガスに火が点いて、爆発でもしたのでしょう。あの通路は宝物庫を囲うように伸びていたはずですから、そのうち古墳全体が崩落するはずです」

「じゃあ、ここも危ないんじゃない？」

「このあたりは大丈夫だと思いますが、長居するべきではないと思います」

実際、古墳全体がどんどん下がってきています。地下の崩落がどれほどの範囲に影響を及ぼすのかわかりませんから、離れるに越したことはありません。それなのに私は、立とうとすらしません。いえ、涙ぐんだ飛鳥を見たら、できなくなりました。

「お兄ちゃん、死んじゃってた。やっぱり、生きてなかった」

ボソッと呟いた飛鳥は立ち上がるなり、私に背を向けてしまいました。しきりに両手で顔を拭いはじめたので、きっとこらえきれずに涙がこぼれてしまったのでしょう。

いえ、もしかしたら本当は、泣き叫びたいのかもしれません。

「ごめん、お兄ちゃん。もっと、もっと早く見つけてたら……」

仕草から想像するしかありませんが、感情が振り切れそうになっているように見えます。ですが、何かがブレーキをかけているようにも見えます。

私がいるせいでしょうか。ならば、気がすむまで一人にしてあげるのが正解でしょう。

「ちょ、何？　リリーちゃん？」

「あ、あまり動かないでください」

一人にしてあげるつもりでした。そっと静かに、少しの間この場を離れているつもりでした。それなのに私は、真逆のことをしました。飛鳥の正面に回り込み、止めどなく涙を流す飛鳥の頭を強引に、かつ優しく、胸に抱きよせたのです。

「何を我慢しているのかは知りませんが、泣いてください。あなたが泣き止むまで、こうしていてあげますから」

私の言葉で感情にブレーキをかけていた何かが氷解したのか、飛鳥は私を抱きしめ返して、肩を震わせながら子供のように泣きじゃくり始めました。

縋るように抱きしめられたのが誤算ではありましたが、嫌な気はしません。むしろ、今まで抱いたことがない感情が、飛鳥の泣き声につられて込み上げてきます。

これは、何と呼ばれている感情なのでしょうか。

私は今の飛鳥を、可愛いと思っています。愛おしく感じています。この感情をしいて言葉にするなら慈愛、もしくは母性愛でしょうか。飛鳥が泣き止むまで、抱きしめてあげたい。頭を撫でてあげたい。慰めてあげたいと、私は思っています。ずっとこのままでも良いとさえ、思っています。ですが、幸せすら感じ始めていたこの時間の終わりは近いと、飛鳥の泣き声が刻々と告げてきます。

「満足、しましたか？」

私を締め付ける腕の力が緩み、肩の震えが止まったので、胸元を濡らす涙が止んだのを名残惜しく感じつつ、飛鳥に声をかけました。

飛鳥はそれに応えるように、ゆっくりと少しだけ、私から離れました。

「ごめん。リリーちゃんの前では泣かないようにしてたんだけど、無理だった」

「気にしないでください。家族の死を悼んで泣くのは、普通のことです」

「い、いや、それはそうなんだけど、やっぱり女の子の前で泣くのは……ね？　恥ずかしいと言うか、沽券にかかわると言うか」

「言っている意味が、よくわかりません。男性が女性の前で泣くのを良しとしないとは聞いたことがありますが、飛鳥は女子でしょう？　何を恥ずかしがることがあるのですか？」

「ん？　んん？　ボクが女子？」

はて？　私は何か、おかしなことを言ったのでしょうか。

飛鳥は、どこからどう見ても女性です。実際、乳房を見せただけで、私たちを殺すつもりだった教授が動きを止めて凝視してしまうくら……ん？　そう言えばあの時、Tシャツとビキニを脱いだ飛鳥の上半身を見た教授は、おかしな反応をしていました。凝視はしていましたが驚愕し、狼狽して後ずさってしまうほど、飛鳥の胸は魅力的だったのでしょうか。それとも、下品だったのでしょうか。

「湿っぽい雰囲気のあとでこんな質問をするのは気が引けるのですが、いいですか？」

「いいよ。何？」

「飛鳥の胸は、どんな形をしているのですか？」

「なんだ、そんなことか……って！　本当に、あんなことの後にする質問じゃないよ！」

「で、ですよね」

飛鳥の胸がどんなだろうと、今は気にする必要がありません。いえ、気にする場面ではありません。いくら私でも、少し考えればそういう場面ではないとわかります。

それでも、気になって仕方がありません。

どうやら、両親から遺伝した異常者レベルの好奇心が、飛鳥の胸に掻き立てられているようです。その証拠に、私の視線は飛鳥の顔と胸元の間をさ迷っています。

「え？　ええ？　そ、そんなに見たい……の？」

「あ、いえ、その……」

私の異常な行動は、飛鳥から丸見えです。

それが彼女に、「リリーちゃんがどうしてもって言うなら、見せても良いんだけど……。ああ、でもなぁ。あとで訴えられたりしたら……」と、ブツブツと言わせるほど悩ませています。ですが、飛鳥は決めたようです。頬どころか耳まで赤く染め、震える両手で、ウェットスーツのジッパーをお腹のあたりまでおろしました。

「よ、よし！　決めた！　ボクだって、リリーちゃんの裸を見ちゃったんだから、見せなきゃ不公平だよね！」

同性に裸を見られたところで何とも思いませんし、普段の私なら、飛鳥の胸を見たいとも思いません。ですがそれは、あくまでも普段の私です。

私は疑問が解ける喜びに背中を押されるように、胸元が盛大に開かれて露わになった飛鳥の上半身に見入りました。

「あら、意外と普通で……いや、待ってください。それでは、まるで……」

恥ずかしいのか、ウェットスーツの胸元を両手で開いたままモジモジしている飛鳥の胸は、平らでした。筋肉に覆われ、胸囲の数字は私よりも大きいのでしょうが、私よりも平らです。あきらかに、女性の胸ではありません。

日本では、胸が小さい女性はまな板に例えられるそうですが、アレは胸板です。乳頭は小さく、見ただけであの胸は固いと想像できます。

ですが、何故か色気を感じます。細いながらもしなやかで、その下の六つに割れた腹筋に続くセクシーなラインが私を性的に興奮させて、理解したくないことを本能的に理解させました。

「あ、飛鳥。あな、あなたは、もしかして……」

「やっぱり、知らなかったんだね。いや、そうなんじゃないかとは薄々思ってたんだけど、確信が持てなくてさ。ほら、ボクって、学校では女装男子で有名だし、男女関係なくえげつないアプローチをされることが多いから」

「女装？　それはつまり、あなたはお、お、おと……」

「うん。ボク、男だよ。声もね、元々高い方ではあるんだけど、女声が出せるように練習したんだ。地声は……こんな感じ」

高めではありますが、それでも男性のものだとわかる声が飛鳥の口から飛び出すなり、鈍器で殴られたような衝撃を後頭部に感じました。

前のジッパーを閉めなおして居住まいを正している飛鳥が男？　あの見た目で？　いえ、それ自体は構いません。飛鳥に女装趣味があろうがなかろうが、それは飛鳥の勝手です。私がどうこうと、口を出す問題ではありません。

問題は、私が飛鳥を女性だと思い込んで、全裸を晒すだけに留まらず一緒に入浴し、同じ部屋で何夜も過ごし、喧嘩を止めるためとはいえキスまでしたことです。

「What should I do? Even though I didn't know it, I ended up with a man. In fact, I even kissed him. Do I have to get married? But I'm heterosexual, but I don't like men. No, it's rather scary. I was okay with being with Asuka because I thought of her as a woman. Oh, but it doesn't change the fact that I spent the night with a man and kissed him. Does that mean that I still have to get married? But I didn't make any mistakes. I remain clean..... It should be. So, how about starting with friends as a compromise? Yes. I feel good about that. Then I don't think my mother would complain either」

「えっと、何度目か忘れたけど、ボクって英語が聞き取れないから、日本語で言ってもらえると助かるんだけど」

「ど、どうしましょう。知らなかったとはいえ、男性と同衾してしまいました。それどころか、キスまでしてしまいました。結婚しなければならないのでしょうか。でも、私は異性愛者ですが男性が苦手です。いえ、むしろ怖いです。飛鳥と一緒にいて平気だったのは、飛鳥のことを女性だと思っていたからです。ああ、それでも男性と夜を過ごし、キスしたことに変わりはありません。と、言うことは、やはり結婚しなければならないのでしょうか。でも、間違いは犯していません。私は清いまま……の、はずです。だ、だったら、折衷案としてお友達から始めると言うのはどうでしょうか。うん。それならいい気がします。それなら、母も文句は言わないと思います」

「あ、うん。毎度毎度、わざわざ表情と仕草まで再現してくれてありがとう」

どういたしまして。などとはけっして言いません。この状況は私が飛鳥を女性だと思い込んでいたことが原因ですが、発覚したら非常にまずいのです。

飛鳥は知らなくて当然ですが、母は貞操観念が異常者レベルで高く、結婚するまで性行為を認めないのはもちろん、キスでもしようものなら相手に婚約を迫り、手を繋ぐだけでも許可がいります。そんな母がもし、間違いは犯していませんが、同じ湯船で入浴し、あまつさえ同じ部屋で何夜も過ごし、キスまでしたと知れば、問答無用で婚約させられてしまいます。

いいえ、もしかしたら、過程など無視して結婚させられるかもしれません。

「リリーちゃん、大丈夫？　しゃがんで頭を抱えて震えるほどショックだった？」

「ショックはショックでしたが、それよりもマムにバレたらと思うと気が気じゃなくて……」

「お母さん？　あ、結婚がどうとか言ってたね。もしかして、ボクが裸を見ちゃったから？」

「それもあります。マムは頭がおかしいんです。子供の頃、私のスカートを執拗にめくって嫌がらせをしていた子の家に、『娘を辱めたんだから結婚して責任を取れ！』と、言いながら怒鳴り込んだこともあるのです」

「えっと、じゃあ、バレたらボクとリリーちゃんは……」

「結婚させられる可能性が高いです」

勘違いと誤解、そこから生じた思い込みの結果による過ちですが、私の事情など母には関係ありません。私の裸を男が見た。それだけでも、責任を取らせるには十分すぎる理由になるのです。

私はまだ、結婚などしたくありません。結婚しても良いと思える相手と巡り合ったら吝かではありませんが、今はそうではありません。

だからこんなにも悩んでいるのに、見上げた飛鳥は……。

「どうして、そんなに嬉しそうなのですか？」

「え？　そう見える？」

「ええ、嬉しい以外の感情を、表情から読み取れません」

「いや、まあ実際、嬉しいし」

「は？　私の不幸が、そんなに嬉しいのですか？」

返答代わりではないのでしょうが、なぜか飛鳥の表情が凍り付きました。

そしてヨロヨロと数歩後ずさり、へたり込んでうなだれました。私は思わず立ちあがって駆け寄り、飛鳥の前で再びしゃがみました。

「あ、あの。飛鳥？　どうか、したのですか？」

「そ、その、リリーちゃんに嫌われてたんだって知ったら、足から力が抜けちゃって」

「嫌ってる？　私が、飛鳥を？」

「違うの？」

「違います。たしかに、あなたが男性だったと知って驚きましたが……」

嫌ってなどいません。と、続けることができませんでした。

たった数日、一緒に旅をしただけですが、私は飛鳥に好意的な感情を抱いています。好きか嫌いかで言いますと、ハッキリと好きだと言えます。ですがそれは、女性だと思っていたからこそ抱いた感情。ＬＯＶＥではなくＬＩＫＥです。

飛鳥が男性だと知った今、それを言ってしまうと恋愛感情からの好きだと、飛鳥だけでなく私自身も誤解してしまいそうなので口に出したくないのです。

「ごめんなさい。不幸は、言い過ぎでした。言葉のチョイスを、完全に間違えました」

「謝らなくても良いよ。だってリリーちゃんは昔、男にレイ……じゃない。とにかく、酷いことをされたんだもんね。そのせいで男嫌いになったのに、男のボクと結婚するなんてことになったら、不幸だもん」

「いいえ、やはり言い過ぎです。たしかに私は、過去に近所の男の子から執拗にスカートめくりを始めとした様々なイジメを受けて男性恐怖症になりましたが、あなたはあの子とは違います。いいえ、教授を拷問していた時のあなたは少し怖かったですが、それさえなければ怖くも何ともありません。私はあなたを対等の……その、友達だと、今では思っていますから」

恥ずかしい。おそらく今、私の顔は真っ赤になっているでしょう。手はしびれたように動かず、足元もおぼつかないので、身体全体が震えているのではないでしょうか。

身体がそうなってしまうくらい、飛鳥は対等な友達だと口にするのが恥ずかしい……いえ、照れ臭かったのです。


「あの、飛鳥？」

それほどの思いをして想いを口にしたのに、飛鳥のリアクションがありません。

飛鳥にとって、私は友達ではなかったのでしょうか。いえ、そうなのかもしれません。

よくよく思い出してみれば、私は出会った当初から飛鳥に冷たく接し、馬鹿にし、人格否定までしています。そんな私を友達だなんて、思えるわけが……。

「リリーちゃんの男嫌いって、スカートめくりが原因だったの？　そんなことで？　レイプされたからじゃなくて？」

「はあ？　レイプ？　私、合意の有無に拘わらず、性行為の経験はありません」

この人は何を言っているのでしょう。さっきの話の流れでどうして、私がレイプされたなどという話が出てくるのですか？　飛鳥にとっては私に友達と呼ばれることよりも、私がレイプされたかどうかの方が重要なのですか？　だから、驚きつつもどこか安堵したような顔をしているのですか？

「その子、きっとリリーちゃんのことが好きだったんだと思うよ？　だから、スカートをめくったりしてたんだよ」

「は？　ちょっと何言ってるかわかりません」

「リリーちゃんの気を惹きたくて、その男の子はリリーちゃんに嫌がらせをしてたんだよ。なんか意外だけど、日本でもイギリスでも、男がやることって同じなんだね」

飛鳥は説明したつもりなのでしょうが、やっぱり私にはわかりません。

気を惹くために、相手が恐怖症を患ってしまうほど嫌がらせをするなど、合理的ではありません。

もし本当に、好意を抱いている相手の気を惹くためにしているのなら、男性とは救いようのない……。

「男って馬鹿。って、思ってない？」

「思っていますが、そんなにわかりやすい顔を、していましたか？」

「うん、してた。リリーちゃんって基本無表情だけど、怒ってるときは両目のはしがほんの少し吊り上がるし、嬉しい時は右耳がピクピクって動くの。呆れてるときは、怒ってるときとは逆で両目のはしがほんの少し下がるんだよ」

「へぇ、自分のことですが、初めて知りました」

特に、嬉しいときの反応は興味深い……などと、考えている場合ではありません。飛鳥が私自身知らなかった細かい表情の変化を区別できるほど私のことを見てくれていたのだと知って、嬉しく思ってしまいました。

これはマズい。飛鳥の話が本当なら、私の右耳は激しく動いているでしょうし。いえ、動いていますね。

初めて意識しましたが、確かに動いています。飛鳥もそれを確認したらしく、「何か、嬉しいことあった？」と、私が何に反応したのかはわからないまでも、感情の変化はしっかりと把握しています。

このまま素直に、「飛鳥が私を理解してくれていると知って嬉しい」と言ってしまうと負けたような気がするので、話をそらして煙に巻きましょう。

「そ、そう言えば飛鳥は、曜子さんとMr.三足の関係にやたらとこだわっていましたね。どうしてですか？」

「ど、どうしてってそれは……。ほら、曜子さんはお兄ちゃんの彼女だから……」

お兄さんの生死がハッキリするまでは、お兄さん以外の男性と関係を持ってほしくなかった。と、言ったところでしょうか。ですが、それだけではないはずです。

飛鳥はおそらく……。

「曜子さんのことが、好きだったのではないですか？」

「は？　はぁ!?　ボ、ボクが、曜子姉さんのことが好き？　違っ……！　違うよ！　だって、曜子姉さんは……！」

「お兄さんの恋人。そう自分に言い聞かせて、曜子さんへの想いを封じ続けていたのではないですか？　だから、Mr.三足との関係を過剰に詮索した。喧嘩になりそうになるほど、怒ったりもした。何故なら、曜子さんがお兄さんの恋人でなくなってしまったら、気持ちが抑えきれなくなるからです」

　我ながら、知ったような口を利くようになったと呆れてしまいます。

　今のはあくまでも、Mr.三足がからんだ会話後の飛鳥の反応から予想しただけであって、合っているかどうかわかりません。もしかしたら、飛鳥を怒らせるだけに終わるかもしれないと若干身構えましたが、それは飛鳥が「うん。リリーちゃんの、言った通りだよ」と言ってくれたので杞憂に終わりました。

「ボク、曜子姉さんのことが好きだったんだ。いわゆる、初恋ってやつ？」

「そ、そうですか」

　どうして、急に胸が痛くなったのでしょう。

　久しぶりにダイビングをしたからでしょうか。予想外の大発見の興奮が、今頃になって襲ってきたのでしょうか。それとも拳銃を突き付けられて殺されそうになったり、崩れ落ちる遺跡に潰されかけたことに改めて恐怖しているのでしょうか。

いいえ。いいえ、違います。飛鳥と知り合って、濃密な時間を一緒に過ごしたことで私に起こった変化が、違うと言っています。

私は、嫉妬しているのです。飛鳥自身が過去形にした淡い恋心に、嫉妬しているのです。

「あ、それは初めて見た。鼻がヒクヒクしてるけど、リリーちゃんは今、どんな気持ちなの？」

「言いたくありません」

言ってたまるものですか。もし言ってしまったら、私は今以上に変わってしまう気がします。

男性だと知っても、私は飛鳥に嫌悪感を抱いていません。むしろ、好感を抱いています。飛鳥を同性の友人としてではなく、男性として好きになってしまいそうで怖いのです。

「そ、そういえば、曜子さんが心配しているのではないですか？　ほら、こんな騒ぎですし」

「言われてみれば、そうだね。古墳、潰れちゃったし」

潰れるどころか、ほんの数十分前まで私たちがいた地下空間ごと陥没しているはずです。

事前の打ち合わせで、曜子さんには源右衛門山古墳と塚廻古墳の中間地点で待機してくれるようお願いしていました。

ですが、古墳全体を陥没させるほどのトラップがあるとはその時点ではわかっておらず、当然ながら、それが作動するなど夢にも思っていなかったため、この騒動は想定外。私たちの安否を早く報せないと、曜子さんが公的な救助を要請するかもしれません。

「飛鳥は先に、曜子さんの所へ向かってください」

「それはいいけど……。でも、リリーちゃんはどうするの？」

「私たちの痕跡が残っていないかを確認してから行きます。だから、先に行って曜子さんを安心させてください」

「わかった。リリーちゃんも、早く来てね。パトカーとか消防車とかのサイレンが、大きくなってるから」

「承知しています」

飛鳥と別れた私は、ほんの数十メートルではありますが、さっきまでいた場所から外堀までの地面を、私たちの痕跡を示す何かが落ちていないかと慎重に探しながら戻りました。ですが外堀付近まで戻ると、その心配はもうしなくていいと教えてくれる人物が背を向けて立っていました。

「あなたは、誰ですか？」

声をかけると、左肩にレギュレーターを装着した藤邑教授を担いだ人物は、振り返りながら藤邑教授をゴミでも捨てるように地面におろして、自らの口に装着していたレギュレーターを外しました。

「俺が誰か、わかってて聞いてるんだろう？　なあ？　ハーフのお嬢ちゃん」

ええ、予想はしていました。そして今、声を聴いて確信しました。

うっとうしそうにダイビングマスクを右手で外したのは、やはりMr.三足。装備から、藤邑教授と同じく私たちが古墳へ侵入したあとを追ってきたのも明白です。

「藤邑教授を救助するのが、目的だったのですか？」

「結果的には、そうなったな。責任を取ってくれる人間は、必要だろう？」

「ええ、そうですね。正直に言いますと、それが一番の懸念でした」

世界遺産にも登録されている遺跡の崩落……いえ、破壊に関わっていたと知られれば、都合の良いATMとして有名な日本ですから、英国人である私は強制送還程度で済むでしょうが、飛鳥はただでは済まないはずです。

最悪の場合は、罪状に加えて私生活や過去の行いに尾ビレや背ビレ、胸ビレまでつけられてネット上に拡散され、社会的にも殺されてしまうでしょう。

「では、この件に関する全責任は、その人が取ってくれると理解してよろしいですか？」

「ああ、弥生の件も合わせて、そうしてもらうつもりだ。ブチ切れた弥生の弟がこいつを殺さなくて、命拾いしたな」

「ええ、まったくです」

本当に、助かりました。これで飛鳥は罪に問われず、私も日本に……いやいや、どうして私は、飛鳥が助かったことよりも、日本に居続けられることに安堵しているのでしょう。

「いくら自分を殺そうとした相手とはいえ、人一人が生物的にも社会的にも死ぬと確定したのに平気そうだな。さすがはシャーウッド教授の娘だ。初めて会った時は色々と拗らせてる痛いお嬢ちゃんだとしか思わなかったが、良い意味で期待を裏切られたよ」

私が拗らせている色々について詳しく……と、言いたい気持ちを抑えた私は、一度深呼吸をしてから、Mr.三足へ視線を固定しました。

「いくつか確認したいことがあるのですが、よろしいですか？」

「ああ、かまわないぜ。何から話す？　俺がシャーウッド教授に弥生のノートの解読を依頼して断られた結果、お嬢ちゃんが留学していることを教えられたことか？　その後、俺がそのノートを三船家に届けたことか？　それとも、チンピラをけしかけた理由か？　もしかして、正解の通路と出口が実際の方位とズレていたことか？　これに関しては、ポールシフトが原因だと俺たちは結論付けた。ここで言うポールシフトとは、自転軸のポールシフトだ。実際、２００４年に発生したスマトラ島沖地震で、最大で約2センチメートル程度、回転軸が移動した可能性があるとする予測もあるしな。大昔から何度もそんなことが起こっていれば、当時は正確な方位にあってもズレちまうだろう。ああ、そうだ、弥生の弟……曜子から聞くまでまったくわからなかったが、飛鳥に言っといてくれ。曜子はあくまで飲み友達で、やましい事は何もないってな。それと、心配しなくてもこの辺にはしばらくの間、警察も消防も来ないから安心しろ。そういう手筈になってる」

真偽はともかく、確認したいことの八割ほどは聞く前に白状してくれました。ですが、肝心なことは話してくれていません。

「あなたは、何者ですか？」

「俺が何者か……か。頭の良いお嬢ちゃんなら、予想はついてるんじゃないか？」

「……あなたは先ほど、警察と消防はここには来ないと言いました。と、言うことは、そう指示できるだけの立場であり、かつ、非合法な手段を用いても黙認される役職についていると推察できます。中二病だとか妄想癖があるとか、都市伝説信奉者などの誹りを受ける覚悟で言うなら、あなたは日本の暗部に属しているのではないですか？そうだとしたら、その組織名はヤタガラスでしょうね。もっとも、あなたの名前が偽名であることが前提ですが」

彼の名前は三足浬烏。彼の名前に含まれる「浬」という字は、海上の距離を測る単位である「海里」を意味します。それを踏まえて並べ替えると、距離を示す三本足の烏となります。

日本で三本足の烏と言うと、初代天皇とされる神武天皇を導いたと伝えられている八咫烏しかありません。

「概ね、正解だ。俺はれっきとした宮内庁の職員であり、ヤタガラスの構成員でもある」

「宮内庁とヤタガラスは、別の組織なのですか？」

「元は同じだったんだが、時代の流れで別組織になっちまってな。定期的に俺みたいな人間を宮内庁に送り込んでる。まあ、ヤタガラスは荒事もいとわねぇから、半分仕方ないんだ」

つまり、ヤタガラスの存在は宮内庁……ひいては日本政府も認知しているということですね。でなければ、日本の暗部と言っても過言ではないヤタガラスが公権力を行使できるはずがありません。

「何が、目的なのですか？　あなたは飛鳥を通して、あの遺跡を私に見つけさせたんですよね？　それは、どうしてですか？」

「事実の再確認。長い、とても長い、それこそ、漢字が伝来するよりも以前の真実は、我らヤタガラスからも失われて久しい」

「杜撰ですね。口伝のみで伝わっていたとしても、どこかのタイミングで書物にすることはできたはずです」

「書物にはなっている。だが、今ではそれが真実かどうかを知る者も、読み解ける者も、誰一人として存在しない」

「なるほど。だから、再確認とおっしゃったのですね」

確認した結果、古代の遺産は本当の意味で埋もれてしまいましたが、彼は……いえ、ヤタガラスと呼ばれる組織はそれでも良いのでしょう。

何故なら、真偽が定かではなかった事実が、彼の目を通して明らかとなったのですから。

「さて、それじゃあそろそろ、お開きにするか。あと十分もすれば、警察なり消防なりがここへ来る。ほら、サイレンの音が近づいてるだろう？」

Mr.三足が私の後ろを指さしたので追ってみると、たしかにサイレンの音が聞こえました。それに加えて、かすかに回転する赤い光も。

「その時に、遺跡破壊の犯人と目される人物が、発見されるわけですね」

「話が早くて助かる。その調子で、残りも頼んだぞ」

「ええ、わかり……は？　え？　ちょっ……！」

Mr.三足の捨て台詞の意味が理解しきれなかった私は、まだ距離はあるものの、こちらに近づいてくるサイレンの音を追っていた視線をMr.三足に戻しました。

ですがそこには、地面に転がった藤邑教授しかいませんでした。

Mr.三足は、日本のアニメや漫画でしか見たことがないＮＩＮＪＡのように消えていました。

エピローグ

怒濤の一週間でした。古墳を崩落させた罪は宮内庁の職員兼、怪しさ大爆発のヤタガラスなる組織の構成員だと明かした三足涅烏が、飛鳥のお兄さん殺害の罪と一緒に教授に償わせると約束してくれましたが、素性の信憑性が無いに等しい彼の言う事を信じることができず、教授が逮捕されたとニュースが報じるまで安心できませんでした。

ちなみに報道された罪状は、爆発物使用罪と内乱罪でした。

「まあ、妥当なところでしょう」

放課後の文芸部室でいつも通り窓際に移動させた椅子に座り、休み明けから青春の汗を流している運動部員たちを見下ろしながら、思考に一区切りつけるのもかねて独り言ちました。

古代に仕掛けられた罠が作動したせいではありますが、爆発して、後に地図上に「跡地」と記載されかねないほどの被害を古墳にもたらしましたし、あそこは仁徳天皇のお墓だとされていた場所です。こじつけ方が酷いとは思いますが、古墳を破壊する行為自体が内乱と解釈されて、内乱罪も加えられたのでしょう。

おそらく公然と教授の口を塞ぎ、歴史の真実を一般人から隠すために。

「きっと大昔から、似たようなことが度々行われて、今の歴史が成り立ったのでしょうね」

歴史とは、権力者のためにあります。都合の悪い事実は茶番で上書きされて、決定的な証拠があっても嘘にされます。知られれば国が傾きかねない真実は、あらゆる手段を用いて闇に葬り去られます。

その結果、権力者は民衆からの支持を得て、権威を手にすることができるのです。

「歴史とは、本当に汚いですね。汚物の塊と言っても、過言ではありません」

そんなものを探るのに夢中になれる人の気が知れません。

神話や歴史を物語として楽しむだけなら良いですが、踏み込み過ぎると、私や飛鳥のように死にそうな目にも遭いますし、最悪の場合は教授のように、社会的にも生物的にも殺されてしまいます。

「やはりどう考えても、命を賭けてまで探す価値がありませんでしたね。私からすれば無価値な財宝。English だと、Worthless Treasures と言ったところで……あ、良いですね、これ」

財宝自体は価値の無い物でしたが、約一週間の旅……いえ、冒険は私にとって有意義な経験でした。それを、あの出来事を書き残すこととした日記、いえ、記録に近いので手記と呼ぶべきですか。の、タイトルにピッタリだと思い至り、文房具店で買った革表紙の日記帳を鞄から取り出して、マジックで書き込みました。

「これで……よし。タイトルをつけると、ただの日記帳でも威厳が出る気がします」

それに、皮肉なものです。財宝は無価値でしたが、あの一週間の経験は私にとって掛け替えのない、最も価値のある……。

「リリーちゃーん！　いる？　いるよね？　じゃあ入るよ！」

それらしいことを言って話を締めようと思っていたのに、ドタドタと廊下を走ってくるなり許可も得ずにドアを荒々しく開けて部室に飛び込んできた、何かがパンパンに詰まったカバンを小脇に抱えた飛鳥に邪魔をされました。

「もう少し、静かに入ってこれないのですか？　いえ、そもそも、あなたはしばらく、喪に服しているはずでは？」

「いやぁ、そうだったんだけど、どうしてもリリーちゃんに会いたくなっちゃってさ」

私は理性的な人間です。感情に流されず、ちゃんと頭で考えて自分の行動を決めます。

それなのに私の身体は、飛鳥に「会いたくなった」と言われただけで心臓の鼓動を速め、顔は火であぶられたように熱くなりました。

「ん？　リリーちゃん、どうしたの？　顔が真っ赤だよ？　風邪でも引いた？　あ、それとも、ボクに会えてうれしかったのかな？　なぁ～んて」

その通りです。ええ、認めますよ。悪戯っぽい顔をしてあなたが言った通り、会えて嬉しいから私の身体はおかしくなっているのです。

顔すらまともに見れないほど、あなたを意識するようになってしまったのです。

「ねえ、本当に大丈夫？」

「だ、大丈夫です！　だから、あまり顔を近づけないでください！」

「あ、ごめん、ごめん。リリーちゃん、男が苦手なんだもんね」

「え、ええ、そうです。あ、だからと言って、そんなに離れなくても良いです。そんな部屋の隅に行かれたら、声量を上げなくてはならないじゃないですか」

「良いの？　怖くない？」

「飛鳥はべつに、怖くありません。だから、もっとこっちに来てください。遠いです」

「じゃあ、お言葉に甘えて。ここら辺でいい？」

飛鳥はそう言いながら、部屋の中ほどまで近づきました。出会った頃の関係のままなら、私は丁度いいと言ったかもしれません。でも、今の私はあの頃とは違います。

「まだ、遠いです」

「じゃあ、これくらい？」

飛鳥は、1メートルの距離まで近づきました。以前の私なら不快さを感じるほど、パーソナルスペースに踏み込まれています。

「も、もう少し……」

「……ここら辺？」

飛鳥は一歩だけ、私に近づきました。距離にして、約70cmほど。手を伸ばせば、触れられる距離です。

「もっと。こ、ここまで来てください」

「ちょ、リリーちゃん!?」

私は何を思ったのか、両手で飛鳥の右手を掴んで引き寄せようとしました。

ですが、それは叶いませんでした。腕力が弱く、体重差もあるせいか、咄嗟に踏ん張った飛鳥へと逆に引き寄せられてしまいました。

そんな私を、飛鳥は抱えていた鞄を放り投げてまで抱き抱え、支えてくれました。

「え〜っと、その、大丈夫？　めちゃくちゃ近いって言うか、密着してるけど」

「へ、平気です。飛鳥なら、平気です」

「そ、そう。じゃあ、しばらくこうしてる？」

「はい」

私は、暴走しています。男性が苦手で、恐怖の対象ですらあったのに、飛鳥に身を委ねているこの状況が嬉しくてたまりません。

後頭部と背中に優しく手をそえてくれている飛鳥から、離れたくありません。耳だけではなく、身体全体で飛鳥の鼓動を聴き、体温を感じている今が幸せなのです。ですが不意に、何の前触れもなく、お腹に圧迫感を感じました。

「あ、ご、ごめん！　ちょっと離れて！」

「え？　どうか、したのですか？」

謎の圧迫感を感じるのとほぼ同時に、飛鳥が私を引きはがして背を向け、しゃがんでしまいました。急変した飛鳥の行動に最初は驚き、次いで寂しくなった私は、飛鳥に触れようと手を伸ばしました。

ですが飛鳥は、「いや、ちょ、ちょっと待って！　本当に待って！　今、ヤバいから！」と言って、私を拒絶しました。

私は軽くパニックを起こして後ずさり、さっきまで座っていた椅子に座り込んでしまいました。

寂しさは悲しみに変り、視界は涙で歪み始めました。そんな私に気付いた飛鳥は振り向き、駆け寄ろうとしましたが、すぐにまたしゃがんでしまいました。

「飛鳥？」

飛鳥の行動の不自然さは、混乱している私に疑問を抱かせました。心配そうな顔をして私を見ているのに、両手を私へ伸ばそうとしているのに、腰から下を動かそうとしません。

いえ、正確には、両腿で何かを挟み込んでいるかのように、固く閉じています。

「あ、もしかして……」

「言わないで！　それ以上は言っちゃ駄目！」

「勃起、しちゃったんですか？」

「ああっ！　駄目って言ったのに！」

どうやら、正解のようですね。飛鳥はよほど恥ずかしいのか、頭を抱えてDOGE

ＺＡのような恰好で固まってしまいました。

まあ、飛鳥は見た目こそ女子ですが、年頃の男子高校生です。

男性器は別の生き物のように制御がきかないと聞いたことがありますし、ただの生理現象です。気にする必要はありません。

いいえ、むしろ、男性には需要がないと思っていた私に反応してくれたことを、嬉しく思うべきなのかもしれません。しれませんが、雰囲気をぶち壊しにして、一時でも私を悲しませたのは確かですから、少しだけお仕置きすることにしましょう。

えっと、Naughtyに相当する日本語はたしか……。

「飛鳥のエッチ」

「ち、違う！　べつにその、リリーちゃんに変なことしようと思ったわけじゃ……！」

「疑わしいですね。ここには私とあなたしかいませんし、放課後の部室とか、その手のシチュエーションでよくありそうですが？」

「ないことはないけど……。あ、しないよ？　ボク、リリーちゃんが嫌がることは絶対にしないから！」

「あら、不思議なことを言いますね。私はべつに、嫌だとは言っていませんよ？」

「へ？　そう……なの？」

私自身、言って驚きましたが嘘ではありません。あのまま、流れで飛鳥と性行為をすることになったとしても、私は拒まなかったでしょう。それくらい、私は彼に好意を抱いてしまったのです。

ですが、それはそれ。すでにそんな雰囲気ではなくなっているのですから、もう少しお仕置きをして憂さを晴らさせてもらいます。

「あら、物欲しそうな顔をして、どうしたのですか？　やっぱり、私にエッチな事をしたいのですか？」

「え、え～っと、そのぉ……」

「ハッキリしない男性は嫌いです」

「し、したかったよ！　ボク、リリーちゃんとエッチなことしたかった！」

「やはり、飛鳥はエッチですね。これからは少し、距離を置かせてもらいます」

「そんな！　リリーちゃんが言えって言ったのに！」

言いましたが、何か？　と、言う代わりに、汚物でも見るような目を意識して見下ろすと、飛鳥は口をつぐんで俯いてしまいました。反省してくれたようですし、両腿から力を抜いたのを見るに勃起も治まったようですので、お仕置きはこのくらいにしてあげましょう。

「で？　どうしたのですか？」

「どうって、何が？」

「ここに来た理由です。今日はたしか、えっと、何でしたっけ。お兄さんの……」

「初七日？」

「そう、それです。だから今日も、学校は休んでましたよね？　それなのにどうして、ここに来たのですか？」

私が会話の軌道修正をすると、飛鳥は「あ、忘れてた」と言って、投げ捨てていた鞄を拾って再び戻ってきました。

「えっと、実はね。お兄ちゃんの葬儀をちゃんとすることができたから、改めて部屋の整理をしたの」

「部屋の、整理？」

なんだか、嫌な予感がします。Mr.三足が持ち込んだせいではありますが、飛鳥は件のノートをお兄さんの部屋で見つけたと言いました。

開かれた鞄の口からかすかに見える物も、ノートにしか見えません。私と飛鳥を死にそうな目に遭わせたあのノートと同じ物が数冊。もしかしたら、十数冊詰まっています。

「あ、飛鳥。それは、もしかして……」

嫌な予感が強まりました。面倒ごとの匂いしかしません。

それが何なのか察し、Mr.三足の捨て台詞が脳裏を過《よぎ》ったことで訪れるであろう不幸を予感して頬を引きつらせはじめた私に見せつけるように、飛鳥はトランプのように数冊のノートを広げました。

そして飛鳥は、「どれから行く?」と、心の底から楽しみで仕方がないと言わんばかりの笑顔を浮かべて、言いました。

了

著者プロフィール

雪渡 葉鳥（ゆきわたり はとり）

1983年6月生まれ。山口県出身。日本各地を放浪中。

Worthless Treasures ～ジパングの黄金伝説～

2025年4月15日　初版第1刷発行

著　者　雪渡 葉鳥
発行者　瓜谷 綱延
発行所　株式会社文芸社
〒160-0022　東京都新宿区新宿1－10－1
電話　03-5369-3060（代表）
03-5369-2299（販売）

印　刷　株式会社文芸社
製本所　株式会社MOTOMURA

ISBN978-4-286-26441-7